Ubasute

Couverture :
Marc Chilliet d'après Geo Dorival

La fosse aux ours - 1, place Jutard - 69003 Lyon

Isabel Gutierrez

Ubasute

La fosse aux ours

À mes fils Léo, Rodrigue, Émile.
À mes filles Lucile, Adélaïde.

Première partie
Avant

« Il faut que mon corps soit en branle pour y mettre mon esprit. »
Les Confessions, ROUSSEAU

1

C'est un jour de très grand vent, un vent de fin d'automne sur la surface de ce monde.

Marie n'en finit pas de rincer son riz blanc.

Depuis ce matin, les branches du cerisier ont commencé à s'entrechoquer dans un bruit de cannes sèches.

C'est son temps.

Depuis trois saisons, chaque jour qui la fait s'approcher de cette partition de bois brisé est comme une sorte de ravissement. Elle les a comptés : deux cent quatre-vingts jours depuis les premières fleurs blanches du printemps jusqu'à la valse dans le vent qui l'a fait sursauter au réveil.

Chaque matin plus attentive à la clarté naissante – du noir dense qui s'efface au bleu transparent qui advient –, elle a profité avec soin du parfum des herbes, fraîches ou séchées, dans son thé.

Chaque matin, elle a noué et dénoué ses cheveux avec toute la conscience de leur poids dans sa main.

Trois saisons à prendre le pouls du départ, trois saisons à se souvenir que chacune serait la dernière.

Lorsque le dernier plein hiver s'était installé, elle avait mouillé de manière parcimonieuse la terre mélangée qu'elle était allée chercher dans les carrières à l'automne précédent. Sous ses mains douces et assurées, la chair terreuse avait pris forme. Marie s'était remise à tournasser sur son vieux tour à pédale. Sous ses mains fermes, l'objet était apparu, un petit bol, d'abord un peu lourd et qui s'était allégé, comme aminci, au fil des heures à pédaler. Il avait aujourd'hui la forme de son âme et la douceur des caresses.

Elle jette un coup d'œil à l'objet posé, en attente. Aujourd'hui, grand vent en liesse par le monde.

Le corps un peu lâche de Marie s'avance près de la fenêtre, un corps lourd d'usure et de sagesse. Elle regarde dehors et se dit qu'il faut qu'elle appelle son fils.

Elle partirait demain en fin d'après-midi, il allait devoir, lui aussi, commencer ses préparatifs.

Quelques vers lui reviennent en mémoire :

Couronne-toi, jeunesse, d'une feuille plus aiguë !
Le Vent frappe à ta porte comme un Maître de camp
À ta porte timbrée du gantelet de fer.
Et toi, douceur qui vas mourir, couvre-toi la face de ta toge
Et du parfum terrestre de nos mains...

Elle aime les poètes comme on aime une soupe – sans avoir jamais osé l'avouer à personne, la comparaison étant fort peu poétique –, elle aime goûter chacun des mots comme elle s'amuse encore à laisser fondre chaque légume qui compose le potage. La douceur de la courge et l'amertume du fenouil.

Marie n'est pas si âgée mais elle a découvert tardivement ce que vivre signifiait et elle s'en est saisi. Les mains en corbeille, elle a accueilli les odeurs piquantes de la tristesse et de l'amour, les cris de plaisir et de désespoir des hommes, toutes sortes de vies, des couleurs éclatantes, des lumières presque éteintes. Demain, elle partirait gonflée de ce saisissement.

Gonflée comme une outre, cette idée la fait sourire, s'imaginant incarner l'outre des vents odysséens que les marins n'avaient pu se retenir d'ouvrir. Elle vérifierait son poids sur la balance avant de monter sur le dos de son fils, elle serait attentive à ne pas lui peser trop, s'il fallait qu'elle laisse là quelques sacs de mémoire, elle le ferait.

2

Depuis un an, le corps de Marie est à l'abandon. Une année sans bataille, une année de trêve à vivre, dans la lumière du jardin et des montagnes. Une année à préparer la fin.

Son corps et elle avaient toujours vécu heureux l'un en l'autre, frère et sœur de cœur et d'âme. Il était son allié, son élan, ses colères, celui qui l'avait faite femme et mère. Et puis, un jour sans prévenir – elle s'en souvient –, la trahison, inattendue et violente.

La maladie, le corps malade. Ils sont venus tels une parole chuchotée de défait en défait, et avec eux l'expérience des désarmés. Un matin, elle a été placée au milieu d'autres corps en souffrance, sur un lit, les yeux tournés vers eux – je te regarde, ta respiration essoufflée, un filet de souffle, tes yeux fermés. Je me demande si ton corps, étendu, est creusé comme le mien par l'absence, si tu as, comme moi, la sensation de n'être plus ce corps mais celui d'une autre qu'il faut apprivoiser – des yeux qui ressemblent un peu aux siens.

Elle se souvient aujourd'hui encore, et assez férocement à vrai dire, d'avoir appris à laisser sa peau aux meutes, à des visages d'assaillants, inconnus. Des éclats de regards qui la trouvaient souvent dans la fièvre et la terreur.

Elle avait connu le corps ouvert, presque déjà charogne, les accès désordonnés de larmes et de cris, les nuits à hésiter entre un voyage de plus ou le dernier voyage, les jours blancs et poisseux, enfermée à double tour, engluée.

Elle s'était battue des mois durant, transportée et absente, au rythme de douleurs poignantes qui la laissaient chaque fois plus anéantie.

Elle avait accepté, sans aucune résistance, les poisons qui harcèlent les entrailles et les brumes des lendemains.

Elle avait lu la tristesse, la compassion, l'indifférence quelquefois, dans les yeux des hommes en blanc.

Pour finir, elle était rentrée chez elle, sous le joug des pires prévisions médicales qui la préféraient enchaînée.

C'était il y a peu, un petit matin bleu, Marie avait téléphoné à son fils, « c'en est assez, viens me chercher, je rentre à la maison ».

Au retour, un rêve récurrent s'était installé dans ses nuits. Elle est dans la gare de Zermatt, il fait un froid sec et bleu comme le ciel. Elle attend ou plutôt non, elle n'attend pas, elle est là, sans attendre. Elle a mis sa robe rouge et ses chaussures à lanières noires. Ses cheveux sont noués en un petit chignon sur la nuque.

Arrive un vieux train en bois, très beau, silencieux, au vernis rutilant, à l'odeur sucrée de cire d'antiquaire. Elle monte sur le marche-pieds, comblée. Elle croise d'autres corps qui ont l'air d'être aussi légers que le sien. À l'intérieur du train, des compartiments aux portes à demi vitrées ouvrent sur de petits salons aux fauteuils de velours rouge – comme ceux du *France* lors de sa dernière traversée, avant l'explosion des chaudières de propulsion – dans lesquels certains sont déjà installés. Elle n'a pas besoin de chercher sa place, il y a autant de fauteuils que de corps qui continuent d'emplir le train. La lumière est douce, elle sourit d'aise.

3

Journal, fragments

Lundi 3 mars

J'irai sur son dos, en silence. Une dernière fois, au sommet. Je me suis souvent demandé quel objet j'allais emporter. Quelle forme prendrait ma pierre de patience.

La maison regorge de livres, en déborde à la faire exploser. Chacun est une fenêtre ouverte sur un chemin entrepris à un moment de ma vie. Des sentiers quelquefois délaissés, retrouvés, avalés à grandes enjambées. Lorsque je repense – et le temps immobile, mon regard vitreux au-delà des murs de cet hôpital, m'en offre souvent l'occasion – à certaines de mes lectures, je les vois comme des haltes silencieuses, portes fermées, temps scellé dans l'obscurité et l'éternité. Un long sommeil éveillé duquel seuls les sanglots d'un enfant auraient pu me tirer.

D'autres lectures, versets longs et pesants ou cris perçants, me reviennent en mémoire. Une partie manque et, soudain, elle se découvre à moi : je tourne les pages et le sens advient, les mots forment le tout que je pressens ou fantasme, le monde prend sens, fait sens et je comprends enfin ce qui m'arrive. La sensation est brève, car la petite voix de derrière trouve son chemin et avec elle le sourire ironique – comme ton désir de pétrification est grand, comme tu aimerais tout maîtriser –, et le livre refermé, la terre tremble de nouveau sous mes pieds.

Je n'emporterai pas de livre.

Jeudi 6 mars

J'emporterai de quoi accueillir mon cœur devenu silencieux

J'emporterai de quoi accueillir l'épuisement de mon souffle

J'emporterai ce qui contient le monde, ses bruits, ses odeurs

J'emporterai un bol

Lundi 24 mars

Impossible de tenir le crayon ces deux dernières semaines, le combat est inégal. J'ai à peine pu discerner la lumière derrière les paupières lourdes et baissées, et ce malgré mes efforts. J'étais néanmoins en bonne compagnie car l'hospitalité de mon imagination n'est plus à prouver. Depuis quelques années maintenant, les portes s'ouvrent facilement et il y fait douillet. Tant mieux, car mon corps est traversé de douleurs vives qui ne se calment que très lentement. J'ai entrepris mes préparatifs intérieurs et je voudrais pouvoir les faire savoir à mon fils.

Il me faut tisser une natte qui servira à m'asseoir lors de nos arrêts, je l'emporte également pour pouvoir m'allonger lorsque nous serons arrivés. Il va venir et je lui dirai *tu te souviens, Pierre, de cette pratique ancienne dont nous avons déjà parlé... ne me coupe pas la parole, j'ai besoin de forces pour aller jusqu'au bout de ce qu'il me faut te dire, sois gentil, écoute-moi. Je voudrais que tu me portes jusqu'au seuil de ce dernier voyage, je voudrais que tu m'accompagnes une dernière fois, je sais que tu es fort et je ne serai pas bien lourde surtout si je finis par terrasser le monstre qui dévore mon ventre et que la vie ici me donne encore un peu de temps, je ne deviendrais pas une énorme maman ! Ne baisse pas les yeux comme si tu n'étais pas là, regarde-moi et fais-moi cette promesse. Il faut que tu fabriques une chaise en bois léger que tu pourras mettre sur ton dos, tu vois ce que je veux dire, un sac à dos pour ta mère, c'est assez drôle, non, comme idée ? Soigne les bretelles pour qu'elles soient confortables, je ne veux pas que tu aies les épaules cisaillées. Ne pleure pas, allons, nous n'y sommes pas encore, les colères et les tristesses, tu le sais, c'est épuisant. Je te dis cela parce que tu te souviens que nous ne pourrons pas parler, ni lorsque tu marcheras, ni lorsque nous nous arrêterons, ne fais pas ces yeux étonnés, tu le savais, tu me déposeras là où nous aurons convenu et tu repartiras sans te retourner, en aucun cas. Ah, non, c'est terrible, enfin, de te voir regarder ailleurs comme si tu ne m'écoutais pas, laisse-moi voir tes yeux mouillés, je préfère, je suis contente que tu commences à travailler sur la chaise porteuse, viens, mon fils, contre moi, prends ma main, mais non elle n'est pas glacée, c'est toi qui es brûlant, il fait une chaleur dans cette chambre. Embrasse-moi, allez, reviens bientôt, et sois rassuré, regarde comme je te souris.*

4

Aujourd'hui, grand vent en liesse.

Depuis l'aube blanche, Marie sent murmurer en elle le chant du départ. Presque rien, au lever, une bulle qui navigue dans son bassin meurtri et ravive d'anciennes douleurs.

Dehors, le soleil frémit dans le silence chargé de vent. Elle monte à l'étage, ouvre le petit placard de bois dans lequel ses affaires sont empilées, s'accroupit et songe à la voix de son fils. Elle aime beaucoup la grâce avec laquelle il baisse quelquefois les yeux quand elle le regarde. Enfant, il lui avait appris combien le silence était l'ami précieux. Elle a souvent pensé que c'était à la fois l'être le plus éloigné d'elle – un enfant parmi ceux qu'elle avait enfantés – et celui qui la connaissait le mieux. Avec lui, elle était devenue mère, dans la joie et la douleur, dans l'intimité et l'incompréhension.

Elle se relève les bras chargés de cette pile bien ordonnée, attrape le petit sac en toile à lanières qu'elle nouera sur son dos au moment du départ, son ultime bagage, et y glisse le tout. Il ne reste que la place du bol.

Allo, Pierre, C'est maman, je voudrais partir en début d'après-midi. Tu es là ? Tu m'entends ? Bien, à tout à l'heure. Je suis contente que nous fassions le voyage ensemble.

Le vent ne s'est pas calmé.

La matinée avance à raviver le feu (*s'il neige quand on va à la montagne on était quelqu'un dont la chance était bonne*, lui répétait sa grand-mère), à arroser ses plantes, à vérifier une fois de plus que la natte, la couverture de laine et le bol en grès composent son bagage, à huiler ses vieilles chaussures de cuir à lacets gris, et à repousser ainsi le moment des préparatifs intérieurs.

Elle pense de nouveau au silence dans la voix de son fils et à l'absence de neige dans ce vent de novembre finissant.

Elle fait le tour des ombres qui rôdent en elle.

Sa mère. Elle ne lui en voulait plus, mais elle avait mis le temps. Un jour, Marie avait remplacé l'amertume et la tristesse par l'absence de mots, elle n'avait plus voulu être sa fille, lui avait rendu sa maternité et tout ce qui était né avec elle, l'amour-haine, la jalousie, les excès et les cris, les larmes et les mensonges.

À quelques heures du départ, elle sent pourtant que son ouvrage n'est pas vraiment terminé, l'absence de mots ne veut pas dire que l'on s'est réconcilié avec son histoire. Savoir s'y prendre pour plonger de nouveau son regard dans celui de sa mère. Elle sent à l'instant son cœur s'emballer, sa gorge devenir acide et se rattrape par la main juste avant la chute. Ces abîmes, elle les connaît bien et l'odeur qu'ils dégagent pourrait la faire vomir sans retenir de larmes.

Je la revois, la jeune fille d'à peine dix-neuf ans, elle laisse derrière elle l'ennui, la mélancolie, et la honte.

Je la revois, mi-femme, mi-enfant, les larmes coulent à l'intérieur de sa voix et, pour cette raison, elle ne se risque à aucune parole. Elle se sent étrangère à eux, différente, jetée par le désir de devenir une autre dans la mêlée des hommes et femmes qui n'ont ni peur, ni mal, ni honte. Je la revois quitter la mère pour ne jamais ressembler à sa folie et je me souviens de la plaie qui saigne et qu'elle mettra trente ans à refermer, à force d'exercices de couture, de points et de surfils.

Je la revois, jeune fille papier, ne plus savoir quoi faire et choisir le départ.

Son père. Elle ne l'avait pas beaucoup connu, effrayé par les crises de la mère, il avait filé. Elle avait longtemps imaginé que son départ n'était qu'un mauvais rêve, – en réalité il ne peut pas m'avoir abandonnée – un cauchemar de plus.

Enfant solitaire et taiseuse, elle s'était mise à parler aux dieux et s'évertuait à poser la même question. Sans réponse. Elle avait imaginé qu'il reviendrait la chercher, l'enlever, et qu'alors elle pourrait de nouveau ne plus avoir peur, – eh bien, tu en as mis un temps, je suis épuisée. En attendant, elle s'était enveloppée d'une ouate dense et opaque, et d'un pas mal assuré avait traversé la fin de l'enfance et l'adolescence. On s'était moqué d'elle, de ses silences et de son désir rouge de se brûler les ailes à toutes les lumières de la rue. Elle avait appris à garder bien haut la tête, à faire de grandes enjambées, à se battre contre cette angoisse qui voudrait, des années durant, de révolutions intérieures en révolutions intérieures, la faire taire de manière définitive. *Vois comme mes lèvres sont scellées aujourd'hui.*

Marie revient vers son sac en toile, elle transpire dans cet air sec, dénoue les lanières, et sort sa natte.

Elle la déplie au milieu de son salon et s'y assied en tailleur, le ventre et le front brûlant de douleur face à la lumière pâle de ce début d'hiver. Se réconcilier avec eux et accueillir leur absence qui l'a finalement sauvée, voilà ce qu'elle décide, avant d'entreprendre la longue marche à dos de fils.

Le corps aussi droit qu'elle en est capable, les yeux clos, tranquillement, elle les remercie de lui avoir permis, dans la douleur et les larmes, de devenir la femme qu'elle est.

Son visage et son cœur s'éclairent d'un sourire d'enfant.

Finalement, ça n'était pas si difficile.

5

Le fils est venu.

Marie plonge dans son regard sombre. *Mon fils est beau, grand et fort, ému comme à la veille du premier ou du dernier rendez-vous.*

Elle remarque ses paupières gonflées et rougies. Il s'approche d'elle, la prend dans ses bras. Dans le chant du cercle ouvert qui se referme tendrement, elle appuie sa tête contre la poitrine et glisse son corps dans le berceau. Une pietà inversée. Elle inspire par petites touches et respire l'odeur mélangée des cheveux bruns, épais, et des grains de la peau. Depuis la mort du père, elle sent qu'elle peut perdre son fils à tout moment, noyé dans la nostalgie et isolé dans le refuge du silence. Sans bruit, elle se dégage de l'étreinte, se retourne, attrape son bagage tandis qu'il se tient là, pétrifié. Dans un sourire lumineux, elle l'engage à la suivre en ouvrant délicatement la porte dans la lumière maintenant plus éclatante. Elle tourne la clé dans la serrure pendant qu'il charge la chaise sur son dos et, la tête baissée, chuchote *si je savais peindre, je figurerais le mélange des souffles, le vent d'automne, la respiration lourde du fils, le sifflement au fond de mes poumons.*

C'est une très belle chaise, à l'assise moelleuse et au bois brun et doux comme la peau d'un enfant jeune. Le fils, un genou à terre, attend sa mère. Elle prend place et remarque la largeur des sangles qui inscrivent son poids dans la peau de son enfant. Ses pieds pendent, ils vont se mettre en route.

Puisque nous allons ensemble, mon fils, sans que nos regards se croisent, puisque c'est le moment du départ et celui des dernières enjambées, à toi à qui j'ai appris à marcher et à pédaler, je parlerai en silence, je calerai le rythme de ma langue sourde, marche de vers iambiques, à la longueur de tes pas. Nous traverserons le temps du paysage ensemble.

Deuxième partie
Parler en silence

Premier jour
Enfance

« Toutes les impressions qu'on reçoit dans l'enfance, on les conserve jusque dans la vieillesse. »

Fragments, EURIPIDE

Je dois te le dire, nous étions deux dans un même ventre, celui de la mère.

Il était mon double, chacun séparé par une fine membrane qui ne nous empêchait pas d'entendre battre le cœur de l'autre. Je sentais sa présence si près lorsque le bain commun dans lequel nous grandissions venait pousser comme une vague dans mon dos ou au creux de mon ventre. C'était un véritable jeu, notre jeu de frère et sœur. C'était le temps d'avant le langage, c'était le temps du corps. Celui de la communication d'âme à âme. Je ne savais pas encore ce qu'était la peur.

Nos cœurs avaient commencé de battre et nos yeux étaient sans paupières. Nous entendions le flux et le reflux, doux ressac, la pulsation des vies. Nos peaux étaient mémoire vive. Je me souviens de ressentir chacun de ses mouvements, encore privés de bras. Je me souviens de la naissance du grand amour, de son installation dans chaque fibre de mon corps informe. Je me souviens des jeux et de la joie des réveils. Je me souviens du chant, mémoire du paradis. Car nous avions commencé de vivre au paradis, les sons nourrissaient notre âme et le désir naissait chaque jour plus grand. Le désir de l'autre ; je l'aimais, et il m'aimait. De cet amour pur de frère et sœur, ou peut-être même de sœur et sœur.

C'est arrivé un jour.

Un jour, s'est installé le grand silence. La faiblesse des mouvements et le battement du cœur au plus petit pas l'avaient précédé.

Le grand silence, l'immense solitude, le vide que l'on ne sait pas nommer encore, le noir.

J'allais être la survivante, je suis restée seule.

Mon corps se souvient de l'expérience, mon inconscient en creuse l'empreinte, dans les ténèbres, quelques mois avant ma naissance. Il faudrait vivre, la nostalgie chevillée au bassin, l'absence de l'autre. Transformer la souffrance primale – *tu sais, la première comme l'on dirait du premier amour* – en douleurs humaines, tenter d'oublier le drame sans raison.

Un jour, j'ai lu cette phrase idiote ; « On ne peut survivre sans l'autre », j'ai pensé que c'était faux.

Car si, l'on peut, tu le sais, toi qui acceptes de m'accompagner là-haut.

Lorsque naîtrait l'autre frère, quatre ans après le premier deuil – secret inénarrable –, je ne parviendrais pas à éprouver cette joie mélangée des aînés à la naissance de leur second.

François, car c'est le prénom que mes parents lui avaient donné, *tu vois, François, ton oncle*, prénom fraternel s'il en est, grandissait, plongeait ses yeux dans les miens, et moi, je passais mon enfance à tenter de reconnaître celui que j'avais perdu. Une enfance à épier un signe dans son regard bleu, une intimité des profondeurs, la lumière du paradis dans son sourire.

Plus tard, au seuil de la vie d'adultes, une question récurrente ;

– Tu te souviens, toi, quand tu étais dans le ventre de maman ?

– De quoi ?

– Je ne sais pas, de quelque chose. Du doux, de la musique…

– Marie, j'en ai marre de tes questions stupides, tu sais très bien que la mémoire consciente vient en naissant, avec l'apprentissage du signe, c'est dingue ça, on dirait que tu ne veux pas comprendre. On en a parlé des milliers de fois.

François exagérait, nous n'en parlions jamais.

Nous n'en parlions jamais car nous n'aurions pu tomber d'accord et nous n'avions pas l'espace de la dispute dans ce domaine.

Devenus homme et femme, parents, la langue entre nous ne servait qu'à rendre compte de la pensée, elle n'avait jamais pris le chemin du cœur malgré toutes mes tentatives.

Enfants, pourtant, nous avions construit une attention commune, peut-être même une tendresse, autour d'un trou sombre qu'il ne voyait pas. François se protégeait d'une absence qui ne lui appartenait pas.

À l'adolescence, au centre d'une bande d'amis francs rieurs et pleins d'énergie, qui paraissaient souvent bien plus âgés que moi alors que j'étais l'aînée, il déployait son sourire comme les filles font tourner leur robe, lançait de bons mots et, à l'instar d'un grand frère responsable, m'enjoignait d'entrer dans la farandole.

Je me laissais faire, ayant dès l'enfance accepté le jeu des âges inversés. Il apparaissait dans la lumière blanche des photos de nos parents, j'aimais me cacher dans son ombre, ma main dans la sienne.

Dans la solitude de l'enfant que j'étais, je ressassais. Le désir des autres, profond et presque humiliant, et la culpabilité sans répit de devenir l'objet d'un regard. Je m'appliquais autant à vivre qu'à essayer de mourir.

Nos parents se déchiraient par crises et leurs cris m'étaient insupportables. François reprenait, dans ces périodes-là, son statut de benjamin et cherchait mes bras. Nous bâtissions des lieux secrets à l'aide de nos lits réunis dans la même chambre et réinventions le monde des enfants. La maison tremblait, mais la lumière de la lampe de poche faisait soleil sous les draps en pleine journée. Je plongeais dans ces jeux comme dans un océan retrouvé, peu importaient les vagues, il y avait une joie profonde qui n'avait à voir ni avec François ni avec la réalité du moment. Je devenais maîtresse d'un endroit que je reconnaissais, pour y avoir été extrêmement heureuse. J'inventais des histoires extraordinaires de voyages aux couleurs pourpres. Mon frère embarqué, je ramais avec toute l'énergie de celle qui sait le but tout proche. J'aimais le trio que nous formions enfin, lui, moi, et l'autre perdu, et je voulais ne jamais m'en défaire.

Au bout d'un moment, François se lassait. Rassuré par le silence revenu dans la maison, il tentait une sortie. Je me souviens de la tristesse qui me gagnait alors, cherchant à le retenir en inventant des dangers qui n'existaient pas. Il mit peu de temps à lever les mensonges et ses collaborations prirent fin lorsque notre père partit.

Dans la tourmente de la bataille ouverte à laquelle se livraient mes parents, même séparés, surtout séparés, j'élaborais un discours sans destinataire.

Un lieu était devenu rassurant, celui de l'école. *Peut-être est-ce pour cette raison que je n'ai jamais vraiment compris pourquoi cela représentait une telle angoisse pour toi, Pierre... Oui, j'y pense maintenant, c'est certainement pour cela, pour moi rien n'était plus réconfortant que l'école.*

En classe, le disparu pouvait s'incarner. L'enfant-jeune fille que j'étais alors s'autorisait le comportement sacrificiel sans que les regards cherchent à percer cette culpabilité inconsciente qui me faisait n'être pas complètement à la vie. Dans le « quelque chose manque » étiré entre mon cœur et mes lèvres, je pouvais tout à la fois glisser des visages et fuir la proximité qui risquait de réactiver la mémoire corporelle. Ma peur terrible de perdre de nouveau celui contre qui j'étais collée était domptée; mes camarades de classe ne devenaient jamais mes amis intimes.

Bien sûr, il y eut bien cette grande fille blonde. Nous avions le même âge, nous partagions le même pupitre, et je l'aidais lors de nos contrôles de calcul mental. Ensemble, nous tendions au-dessus de nos têtes les ardoises noires sur lesquelles s'affichait à la craie blanche le résultat attendu. J'aimais beaucoup la voir sourire, son visage tourné vers le mien lorsque l'institutrice acquiesçait d'un signe de tête. Je l'aimais bien parce qu'elle était arrivée après les autres, accueillie avec ses deux frères dans ce que nous appelions « le village d'enfants ». C'était un lieu d'accueil pour des fratries, placées par le juge dans une famille de substitution.

Cette grande fille blonde éprouvait des difficultés à parler correctement, les sons se heurtaient dans sa bouche et les larmes lui montaient aux yeux. Nous étions convenues tacitement que les mots n'étaient pas nécessaires entre elle et moi et communiquions comme deux enfants sourdes-muettes. Quelle joie de n'avoir pas à partager les mots des autres, mon cœur battait au rythme du silence et des regards au milieu des cris de ceux qui nous entouraient dans la cour. Elle resta une année entière. À la rentrée d'après, elle ne revint pas. Je ne posai aucune question et gardai longtemps la trace de son sourire.

Il fait un peu frais, mon Pierre, et il me semble que tes pas hésitent sur le chemin. Ta nuque est brûlante. Arrêtons-nous un moment, le vent qui n'en finit pas de tournoyer dans l'air jaune de la fin d'après-midi te fera du bien. Nous boirons un peu d'eau ensemble.

Rencontre

> « Je t'ai vu pour la première fois et je t'ai parlé. Ce fut comme un tremblement de terre qui me bouleversa jusqu'au fond de l'être, ouvrant les tombeaux de mon cœur ; et je me sentis étranger à moi-même. »
>
> *Les Amants de Byzance*, MIKA WALTARI

Il est de certains hommes qui sont là toujours, parce qu'ils ont été là un jour.

Deux ou trois jours, quelques mois ou peut-être des années.

Il y a ceux qui, malgré le temps partagé, s'évaporent, chassés hors du corps ou engloutis par une nuit dense et froide. À jamais oubliés. Celui-là vous fait devenir femme, vous invite du côté de la vie. L'autre vous oblige à fermer toutes les portes et vous étouffe lentement dans le noir.

Seuls les premiers, rayonnants et aimés, auront droit aux mots.

La nuit. C'était la nuit du départ.

Il faisait sombre.

Le combi Volkswagen blanc et déjà un peu usagé roulait.

Les hommes, jeunes et plus âgés, riaient d'un timbre frémissant qui disait leur excitation. Ils étaient six. Il y avait également deux femmes.

Et une très jeune fille, moi. *Je crois que tu n'as jamais vu de photos de ce voyage. J'avais tout juste dix-neuf ans.*

Ma main, peau fraîche, avait depuis l'enfance cherché une autre main dans laquelle se glisser comme dans une corbeille de fruits lisses. Je n'avais eu de cesse de guetter une rencontre, la rencontre d'une autre peau contre la mienne.

Pour l'heure, ma tête naviguait de l'épaule aux genoux de l'homme. Quelquefois, mes yeux, terrifiés par la nuit dans laquelle le camion s'engouffrait, s'ouvraient rapidement pour se refermer dans l'instant. Aujourd'hui, accrochée à ton dos d'homme, *mon enfant*, je me souviens de la terreur qui m'envahissait à mesure que la distance grandissait entre ce qui avait été et ce qui allait advenir. Ce fut le premier départ, tant d'autres lui succéderaient dont je n'avais pas encore idée.

Nous partions à l'aventure. Une aventure lointaine dont aucun ne savait l'homme ou la femme qui en reviendrait : métamorphosé, épuisé, égaré dans les limbes ou mort. Le camion avait roulé une bonne partie de la nuit, les hommes s'étaient relayés au volant. Albert conduisait maintenant et chantonnait à voix basse pour se tenir éveillé et se défendre de la lumière jaune des phares qui l'agressaient. Dominique avait lu tard, à la frontale, un roman de Romain Gary. Lu avec à la fois l'avidité et la lenteur du dernier roman que l'on pourra lire avant longtemps. Gilles, médecin de l'expédition, somnolait, les yeux agités par un dernier passage en revue mental de sa trousse médicale, seringues, antalgiques, antiseptiques, antibiotiques, anti-inflammatoires.

Ton père se taisait, replié dans un silence qui laissait le monde à la porte de tout son être.

Catherine souriait, certainement de tout et de rien, une joie profonde dans ses yeux bleu clair grands ouverts sur la nuit qui défilait.

J'aimais ton père, c'était la seule chose à laquelle je pensais, le seul et unique mouvement de pensée, la seule façon de ne pas crier ma peur. Je m'étais liée à lui par le désir fou d'entrouvrir la porte de son cœur, par la joie de voir ses yeux s'éclairer quand il me regardait, par le rêve de devenir une femme dans ses bras. C'était bon et imprévisible, et pour cela je pouvais le suivre au bout du monde. Notre expédition dura trois mois, laissant nos pas creuser la terre des hauts plateaux andins ou coucher les herbes gigantesques des jungles humides. Les hommes sillonnaient les sommets enneigés et vierges de tout passage, ils rentraient au bout de quelques jours passés dans le silence du froid, la face brunie et le regard brûlé par la beauté. Nous, les femmes, et certains hommes restés à nos côtés, parcourions la même distance qu'eux deux mille mètres plus bas. Nous montions le camp et attendions leur retour. Le cœur en chamade, ma main glissée enfin dans celle de l'homme revenu, je les écoutais raconter le vent, la liberté, la solitude, l'inconnu et le blanc des vallons enneigés.

Ton père absent plus de la moitié du temps, j'appris, seule, à faire mes premiers pas. Je découvrais comment respirer, enfin. Au rythme des lamas bâtés, je sus bientôt reconnaître le son de l'eau qui dévale le lit caillouteux des ruisseaux épais. À force d'heures traversées, de jours arpentés, je parvins à lever mon regard du chemin vers l'horizon et découvris la joie d'être au monde, en mouvement, le visage offert. C'est là-bas, étendue sur le sol aride, que la montagne devint mon amie, mon alliée.

J'entendis pour la première fois le chant du monde, je vis tourner la terre dans l'apparition et la disparition du soleil et des astres. Et je compris que cette lumière céleste m'accompagnerait désormais, même au plus noir de la nuit.

Je traversais, des jours durant, les mémoires des chemins.

Sens-tu, mon Pierre, toutes ces mémoires que nous traversons ensemble depuis hier ?

D'autres hommes, peu à cette époque mais si différents, avaient foulé avant nous les étendues jaunes où l'herbe rase se couche sous le vent. Nous croisions des pistes qui n'avaient ni départ ni arrivée visibles à l'œil, de larges lacets posés là, comme des instants de vie, au milieu du tout. Je rencontrais des visages, sortis du paysage. Ce furent pour moi des surprises, au creux des vallées tordues et profondes que nous longions. Nous échangions des œufs et du fromage contre une consultation de Gilles, devenu dentiste autant qu'il était médecin, et quelques grammes de paracétamol.

Dans ce temps des mémoires, je découvris d'autres temps. Le temps du regard, celui de l'absence et des retrouvailles. Le temps de la solitude qui deviendrait un jour émerveillement de l'âme. Le temps du silence et des ombres qui s'allongent sur les hautes plaines.

Ce fut aussi le temps des questions à bout de souffle, des vérités qui surgissent de la fatigue ; la première fois que la séparation devenait possible et supportable.

Les peurs sont encore plus sombres sur ces terres désertiques et il fallait bien que j'accepte de les regarder. Après de nombreux assauts, durant le troisième mois de l'expédition, une lutte entre elles et moi s'engagea. Ce fut une exploration de leur nature, et finalement, je le compris bien plus tard, un combat avec moi-même. Je ne voulais pas les lâcher, accrochée au tourbillon dont elles creusaient mon ventre depuis tant d'années.

Il y eut, ce dernier mois en pays andin, match sans vainqueur entre les peurs et moi.

Je mettrais des années, la maladie et la mort nichées dans les entrailles, à accepter les renouvellements et les abandons poignants, des années à me laisser bercer par les profonds mouvements de la vie.

Le jour où tu vins me chercher à l'hôpital, ce jour-là seulement, dans une illumination intérieure, je m'en remis à cette part plus grande que moi, à cette force invincible et chaude présente même au fond des vents glacés de mes hivers. *Je crois que c'est pour toucher cela que je suis tombée malade.*

Nous sommes, mon Pierre, forcés d'abandonner, le cœur déchiré, ceux que l'on aime.

J'abdique, sur ton dos, encore une fois, sous la puissance qui embrasse l'ensemble de mes heures, passées, présentes et à venir. Je sais que les retrouvailles auront lieu, malgré les courants imprévisibles de ma vie, et que mes aimés, peut-être grandis par la douleur des détours, m'accueilleront au seuil de l'éternité.

Au bout de quelques mois, nous rentrâmes. Nous étions moins nombreux, tristes et un peu vieillis.

Je me souviens de ton père, sombre, les traits tirés. Son silence avait duré des jours, il venait de perdre son ami, avalé par la montagne blanche et reculée.

Un endroit de son regard était devenu obscurité à jamais.

Nous avions regagné la capitale du pays dans la douleur, l'abattement et la colère. Le corps du mort avait été rapatrié, accueilli par la famille, là-bas où il nous fallait nous aussi retourner.

À notre retour en France, quelques semaines plus tard, je sentis qu'une mince faille, invisible en ce premier printemps d'après la catastrophe, avait entrouvert l'édifice que nous avions, à deux, commencé à bâtir.

Une nuit où je regardais passionnément cet amant si digne auprès duquel je dormais, endeuillé mais terriblement solide, cet époux invincible et distant, je compris que jamais je ne parviendrais à vivre, à mon tour, son arrachement. Et pourtant.

Je ne me souviens plus de sa voix, *Pierre, je ne m'en souviens plus.*

Éros
ou ce qu'elle ne dirait pas au fils

> « Je dois sans cesse me rappeler que le bonheur des liens souterrains existe, quand même nous n'en n'aurions pas conscience. »
> « Dieu le sait : ton être aura été la véritable porte par laquelle j'accédai pour la première fois à l'air libre. »
>
> *Correspondance*,
> RAINER MARIA RILKE, LOU ANDREAS-SALOMÉ,

C'est à l'air libre que je devins sa femme.

Dans cet air glacé et scintillant, de sommets en brèches, qui figeait mon visage, brûlait mes poumons et empêchait la chute intérieure. Chaque montagne gravie, chaque ravin traversé, me grandissaient, me faisaient femme-arbre.

Je me découvrais terre et racines à la fois, ancre et mer. Sur les sentiers, enneigés ou secs, j'écrivais toujours différemment les notes de mon premier chant, une mélodie de jeunesse, celle de mes vingt ans.

« J'avais souvent l'envie féroce de son étreinte. Je sentais dans notre union la violence du désir présent comme relié à une courbe venue de la nuit des temps qui courait les plaines et les cavernes.

J'aimais sentir se libérer l'espace ovale de mon corps de femme sous la paume du vent que soufflaient ses mains sur ma peau. Je voulais être sillonnée, l'étendue de ma chair célébrée par sa bouche, nos mains dessinant des lignes toujours réinventées. Je voulais nous voir nous enfoncer, épris, dans le désir plus profond encore et sentir, au fur et à mesure, l'envie de contempler son visage, les notes de mon chant au bord des lèvres.

Mes cuisses s'ouvraient et l'accueillaient sous l'arche de mon ventre, dans un vent de couleurs. J'aimais lui donner prise et l'ancrer à ce ventre que je sentais généreux, et nous sentir accorder la houle au lit généreux du fleuve. Les berges s'effaçaient lorsque nos bouches devenaient sexes et seins, membre d'airain et fruits léchés, lorsque nos langues tournoyaient voluptueusement dans le mouvement capiteux des toupies enfantines. Je sentais le parfum du labour, je devenais terre grasse et lourde, nous fêtions la double vendange des chairs dorées qui s'annonçait sous les allers et retours de son corps hurlant, de sa peau frottée de caresses. S'élevait le murmure ardent de l'estuaire que nous avions découvert ensemble.

Le jardin entrejaillissait, les fleurs explosaient de rêves cachés, la folie saisissait les chevaux calmes qui détalaient, une pluie de diamants d'écume nous irriguait. Nous nous ajustions, nous accordions au-delà de toute concertation, emportés dans un seul mouvement en duo, son sexe pénétrant le corridor chaud et ouvert entre mes cuisses exaltées, prenant la mesure du plaisir qui grandissait, – vois ce jardin, mon amour, comme il est unique – et de l'harmonie de nos souffles.

J'aimais qu'il me prenne, oui, comme on choisit la voie du rire, sans permission, je voulais qu'il m'ouvre, portail doré et invisible, je voulais être chevauchée, fleurie sous ses mains qui pressaient les plaines et monts de mon corps.

Nous trouvions le plaisir sans terminer notre course, laissant l'affolement au lendemain.

Nos yeux humides et souriants tombaient d'accord et nos souffles retrouvaient l'harmonie de l'amour profond dans lequel nous nous baignions nus depuis notre rencontre. »

J'avais découvert ce texte, un jour de pluie dans une bibliothèque d'études. J'étais femme, jeune mère et étudiante. Il composait, avec d'autres, un recueil de textes érotiques anonymes.

Les mots précis ne sont peut-être pas ceux qui restent gravés encore aujourd'hui en moi, mais ce sont mes fidélités littéraires.

Ce jour-là, je repoussai rapidement la tentation d'imaginer quelle femme pouvait les avoir écrits pour me délecter du goût qu'ils me laissaient en bouche. Je me souviens même de la fébrilité qui faisait frissonner tout mon corps lorsque je m'étais éloignée du rayon pour les recopier, l'ouvrage dans mes mains. *Pour quelle raison avais-je ressenti le besoin de ne plus me séparer de ces mots-ci ?*

Le soir de ma découverte, je rentrai à la maison, ouvris très rapidement le tiroir d'un vieux meuble que jamais personne n'utilisait et y déposai ma copie. Je conservai la clé par-devers moi et, des années durant, jouerais la comédie quand votre père, puis vous, les enfants, vous étonneriez de ce tiroir fermé depuis si longtemps. D'ailleurs, maman, disiez-vous, pourquoi devrait-on conserver indéfiniment, de déménagement en déménagement, cette vieille table basse au tiroir dont personne n'a la clef ? D'ailleurs, Marie ma jolie, disait-il en écho, es-tu certaine que cette clé existe…

Je souriais et l'affaire était oubliée.

Mais j'avais commencé, depuis cette première lecture, une lente et infinie rumination.

En réalité, je découvrais, dans le silence de vos absences, alors que vous couriez en riant les cours de récréation, ou qu'il gravissait, heureux, les flancs rocheux des plus belles montagnes, je découvrais, buvant à grandes goulées ce texte sensuel, comment l'on pouvait mâcher silencieusement la langue d'un autre pour ordonner son monde intérieur.

Il marchait en premier, ton père. Et en silence.

Toute notre vie durant, je marcherais en second, écrasant les mots entre langue et palais.

Je traverserais, à sa suite, la bouche pleine, le rideau de mon cœur entrouvert, les cols et les vallons.

En second, mon horizon dans son dos, je sentirais les lumières changeantes et remarquerais les éclats de neige qui ressemblent à des verres brisés. Silencieuse, moi aussi, j'apprendrais dans ses pas le défilé des mots d'une inconnue sans avoir la conscience de creuser, en l'absence de mes propres mots, un lien souterrain entre mon homme et moi.

Il faudrait attendre son départ définitif pour accoucher de ma langue.

Absence
ou la lettre dans sa langue

> « Misère comme une montagne sur nous écroulée. Pour avoir fait pareille déchirure, ce ne peut être un rêve simplement qui se dissipe. [...] n'est-ce pas la réalité de notre vie qu'on nous apprend ? Instruits au fouet. »
>
> *Leçons*, PHILIPPE JACCOTTET

Tu n'étais pas arrogant.

Et, ce matin-là, l'obscurité profonde portait en elle la lumière éclatante qui éclabousserait bientôt le jardin.

Tu t'es levé en douceur, cherchant à protéger mon corps de la moindre secousse. Tu as glissé le tien, long et filiforme, au pied du lit. Ça n'était pas la première fois que je te voyais t'extraire de la nuit, derrière mes paupières faussement closes. Je ne faisais aucun mouvement, je tenais ma respiration dans la chaleur de la nuit, aucun signe ne pouvait te faire douter de mon sommeil profond. Comme tu étais amusant, corps d'escargot sans coquille, rampant silencieusement dans le noir profond. Je souriais en moi, j'aimais cela, me tenir vivante dans ce sourire de toi.

Tu es sorti de la chambre. Je ne savais pas que ce serait la dernière fois.

J'ai attendu quelques minutes sans bouger. En vingt ans de vie commune, ce temps qui s'écoulait entre ton départ et le manque, comme une vague qui me poussait hors du lit chaud, n'a pas changé : six minutes trente. Je ne suis jamais parvenue à faire mieux.

J'arrivais dans la cuisine, tu étais toujours debout contre la cuisinière, les mains dans les poches, le corps un peu penché de côté, un pied croisé sur l'autre, attendant que le café passe. Je jouais à celle dont le réveil n'avait que quelques instants, belle endormie, disais-tu, et retrouvais le berceau de tes bras. Les naissances des enfants n'y changeront rien. Tu marchais le premier, j'étais ta seconde, même dans nos réveils.

Ce jour-là, nous avons bu notre café en silence.

Je voyais dans tes yeux que tu étais déjà parti, que le couloir de neige et de glace se dessinait au fond de mon regard, que tu me distinguais un peu mais que mon visage prenait la couleur bleue et translucide du froid qui t'attendait. J'étais heureuse, tu me reviendrais le soir, tu me revenais toujours, j'avais gagné depuis longtemps le combat d'amour contre la montagne.

Pierre a 15 ans et tu ne rentreras plus.

Un gendarme du PGHM frappe à la porte et la vie me rejoue le premier tour. Le fouet claque fort.

Les notes silencieuses se mettent à sonner sur la même partition, corps de femme ou fœtus, je n'ai donc rien oublié. Je retrouve instantanément la densité du vide, mais cette fois-ci l'eau pénètre mes poumons et je veux me noyer.

Je ne saurai pas être deux fois survivante.

Il y eut la reconnaissance du corps. Ce corps caressé, embrassé, soudain déchiré par les séracs bleus. Il y eut, mon amour, l'élan de nos âmes étroitement unies malgré les chairs sans vie. Il y eut les larmes de nos enfants. Il y eut ce sac à dos plein de tes affaires ensanglantées, piolet et corde cisaillée. Il y eut ton casque blanc qui n'avait servi à rien.

Et l'appareil photo.

Des clichés argentiques en noir et blanc.

Je reste allongée cinq jours dans l'obscurité. Cinq jours en position fœtale dans notre couche devenue glacée. Une main-pelle déchire mon ventre et s'enfonce dans le sable de mes entrailles. Cinq jours à épier le bruit de ton retour, tes pas, ton regard bleu.

Pourquoi m'avais-tu abandonnée toi aussi ? Qu'y avait-il en moi qui ne savait pas retenir l'aimé du côté de la vie ? Que fallait-il que j'apprenne encore, des milliers de jours après ?

Un jour, les enfants font développer la pellicule.

Tout à coup, tu es là, souriant, quelques minutes, instants peut-être, avant de disparaître. Tu as l'air heureux et tu plantes ton regard dans le mien à travers l'objectif. Je ne sais pas qui a pris la photo, mais c'est bien toi qui noies tes yeux dans les miens, casqué, le visage aux traits un peu tirés.

En noir et blanc, dans l'ombre du couloir de glace, le cadre est très serré, je ne vois que ces yeux que je sais d'un bleu si clair, êtes-vous tout près de sortir au sommet?

À force de regard, je t'entends chuchoter, ma jolie, nous y sommes, encore un peu et tu seras, toi aussi, au sommet, je lève mes yeux vers toi, tête baissée, tu me souris, comme toujours lorsque tu vois mon visage fatigué, mes bras lourds aux mouvements lents, tu entends mon souffle réduit, je sais que tu l'écoutes, des larmes roulent sur mes joues, allez, encore un petit effort, tu y es, c'est la dernière longueur et tu vas voir comme c'est beau, attends, sec, je suis fatiguée, O.K., je te prends, respire, mais j'ai mal aux jambes, respire, tu enlèveras tes crampons, ici c'est plat, plante ton piolet près de mes traces, la glace est fragilisée et moins dure, encore quelques mètres et c'est fini, allez, on repart, je t'aide un peu, je cherche la force de frapper, piolets et crampons dans ta voix, je monte vers toi, pas à pas vertical, ça y est, ma chérie, tu y es. Ton sourire, ton sourire. Il fait froid ici, tu m'enlaces, je pleure de fatigue et de joie comme chaque fois, au sommet.

Cette fois-ci nous ne redescendrons pas ensemble.

Je serai seule pour tirer les rappels, ravaler la corde et rentrer à la maison.

Au bout de longs mois, j'aurais appris à deviner ta présence autour de moi. Dans l'air mêlé tout à coup, dans le lait de la lumière, une voix qui court dans les épicéas du vallon derrière la maison, dans la fraîcheur des vents catabatiques d'été, une trace de rires laissée dans la poudreuse fraîche de l'hiver. Tu seras là, penché au-dessus de ma douleur à l'hôpital, et dans la joie mélangée du retour.

Je sais que tu me guettes, assis sur le grand rocher sous lequel je me coucherai bientôt.

Là où le cœur attend.

Deuxième jour
Famille

> « La famille est une association temporaire et fortuite que dissout promptement la mort. »
> *La Femme de trente ans*, HONORÉ DE BALZAC

Mon fils, entends-tu les mémoires traverser ma voix silencieuse ?

Les souvenirs s'épluchent sur le chemin, en couches, dans ton dos robuste. J'aimerais qu'ils te fassent un chaud manteau quand nous serons sur la montagne. Je sens bien que l'air devient plus froid depuis quelques heures. Je ne suis pas bonne couturière, ce sera un manteau en morceaux. Des lambeaux qui, ajustés les uns aux autres, forment une histoire. Demain soir, il faudra nous dire adieu.

C'est une photo en couleurs longtemps restée épinglée au dessus de mon bureau. On l'a quelquefois changée d'endroit, sur la porte du frigo, sur un meuble du salon, mais étonnamment elle n'a jamais quitté la vie de la maison. Vous avez grandi, les clichés ont suivi vos enfances, vos adolescences, vos mariages, enfants, et se sont accumulés dans des boîtes en carton ou fer. Et cette photo-là n'a jamais été évincée par le passage du temps, *il me semble même que nous n'en avons jamais parlé*. C'est la photo de la stase et du silence. Vous êtes autour de moi, tous les trois, nous formons une grappe. Assis, les uns à côté des autres, je ne parais pas bien plus grande que vous. Peut-être une hauteur de tête tout au plus. Tes sœurs sont serrées l'une contre l'autre sur ma droite et toi, appuyé contre mon flanc, à gauche. Mon visage est légèrement tourné vers elles tandis que mon bras gauche te met sous mon aile. Tu es le seul à regarder l'objectif, les filles chuchotent, oreille de l'une collée contre celle de l'autre comme si le son de leurs voix passait par ces orifices. Je crois que c'est pour cette raison que je les regarde avec joie. Leurs mains sont posées l'une sur l'autre, elles ont trois et neuf ans, nous sommes au printemps, les vacances de Pâques. Elles sont déjà ce qu'elles deviendront, douces et ombrageuses à la fois.

Pourquoi regardes-tu l'objectif de façon si intense ? Tu attaches ton regard à celui de ton père dissimulé derrière l'appareil. Tu ne le cherches pas, tu lui parles.

De cette éternité d'amour qu'il fige, de la douceur relâchée de mon bras autour de ta taille, du murmure des filles et du soleil d'un mois d'avril, celui de tes six ans.

Chacun de nous travaillait à vivre, vous, dans la chaleur des vivants, moi, dans une insécurité chevillée au corps depuis l'enfance, comme une mélancolie.

Au-dessus de nous, deux arcs plein cintre, dans le cloître d'une abbaye. Nous sommes allés admirer le tympan du Jugement dernier qui en surmonte la grande porte. Mon cœur est si serré dans ma poitrine que je me demande encore aujourd'hui comment je parviens à sourire en regardant tes sœurs. Le regard plongé dans tous ceux qui approcheront de cette photo, as-tu déjà compris qu'un soir de fin novembre, ton père disparu depuis dix ans déjà, c'est toi qui devrais m'étendre sous un rocher pour me laisser mourir ?

Où étais-je attendue ?

À quel moment l'existence allait-elle me permettre de reprendre mon souffle ?

J'étais, depuis toujours peut-être, dans cet état d'attente. Un état qui finissait par contenir toute ma vie. J'espérais.

Laisse-moi te parler d'espérance.

La conscience d'avoir ne pesait rien au regard de la peur de perdre. *C'était une peur si épaisse depuis si longtemps*. Et je n'avais que l'absence à lui opposer. J'avais acquis l'art d'être présente dans l'absence.

J'étais plongée dans une nuit intérieure et pourtant je ne songeais qu'à briller. J'y parvenais. J'avais trouvé le passage de la cruauté à la beauté en me tenant près de vous. De l'âpreté des nuits sans étoiles à la douceur du sable qui s'écoule entre les doigts. Près de vous trois. Vous parveniez à me tenir dans la gloire du monde, au centre d'une forteresse. Vous saviez bien qu'il fallait redoubler d'efforts pour multiplier tours et donjons et élever toujours plus haut les chemins de ronde. Vous étiez mes enfants solidaires et complices dans le sauvetage. Toi, tu savais, *c'est cela que je vois dans tes yeux sur le cliché en couleurs*, qu'arrivée au point où l'existence m'attendait de pied ferme, à bout de souffle, j'avalerais une goulée de ciel pur et je disparaîtrais.

Pour revenir au commencement.

Naître, parler, appeler, m'inventer de nouveau pour aller plus avant vers l'accomplissement.

C'est étonnant comme vos forces ont été grandes pour m'éloigner de mes lignes de fuite, aussi grandes que les vagues du vent froid qui nous accompagne ce matin.

D'allers en retours, de clichés photographiques en paroles murmurées, vous avez grandi, serrés les uns contre les autres, et moi, au centre de vos efforts.

Ainsi, j'ai fini par trouver mon chemin, vois-tu. Le goût du travail de vivre.

C'est arrivé quelques années, cinq, six peut-être, après que la photo a été prise. Le pays s'est arrêté, les écoles fermées, les familles au nid, le monde était suspendu au souffle de l'humanité qui vacillait. Un souffle devenu court, si court que certains en perdaient la vie.

Plus tard, lorsque je repenserais à ce temps-là, je découvrirais qu'il avait fallu savoir s'orienter à nouveau, se réinventer, s'aventurer vers le moi oublié, prendre le temps comme allié.

Pendant ce temps-là d'arrêt, vous avez eu peur, de ces peurs d'enfant que vous m'aviez jusque-là dissimulées.

C'est à cet endroit que la vie m'attendait.

Je sortis des ténèbres et suivis le chemin tracé pour moi.

Ce fut, je m'en souviens, comme un lent réveil.

Toutes mes stratégies élaborées dans le noir de la solitude trouvaient tout à coup à s'exprimer, car, après tout, qui mieux que moi savait transformer la peur en joie. Peu importait la loyauté du mécanisme.

Nous avons remonté ensemble le torrent de vos inquiétudes, creusé dans son lit tumultueux, chaque fois qu'il le fallait, une vasque à l'eau assez claire pour vous rassurer. Nous sommes devenus, entre le temps suspendu du foyer et celui qui courait à grandes enjambées à l'extérieur, dans les rires et les cris, indispensables les uns aux autres. Chacun devait demeurer chez soi. L'humanité perdait son manteau d'infortune pour se mettre à nu, nous ne pouvions plus accompagner nos morts, honorer nos dépouilles, plus personne pour les aider à traverser. Le monde se posait la question « de l'essentiel », celle « du vital», sans pouvoir y répondre encore. Nous assistions tous, immobiles, au réveil des fragilités qui mènent toujours la danse lorsque nos paupières lourdes s'affaissent, tard le soir.

Nous vivions ensemble dans ce commencement que je n'avais imaginé que solitaire. Nous entrions ensemble dans l'expérience, chacun avec son âge, chacun avec son propre souffle à trouver. J'avais l'intuition que, comme au cœur du combat biblique, le monde ne s'en tirerait que s'il se souvenait que Jacob et l'Ange ne se battent pas l'un contre l'autre mais l'un avec l'autre.

Vos peurs, à l'instar de celles du monde entier, nous invitaient à grandir, à mettre un pied sur le barreau supérieur de l'échelle sur laquelle nous étions tous tétanisés. Il fallait nous élever et je l'avais compris. Je vous chargeai sur mon dos et nous grimpâmes.

Je pris conscience rapidement que ceux du dehors comme nous, devions réapprendre à babiller dans la même langue. Cette langue « intemporelle et universelle » que peu d'expériences humaines nous somment de redécouvrir : celle du soin et de l'attention vigilante, celle des vivants et des morts.

Je me souviens de ta voix de jeune adolescent qui remâchait nos expressions communes – Rien ne doit plus être comme avant –, formules figées que nous questionnions enfin autour du repas. La question du langage devenait aussi importante que la vie à naître. Nous lisions les journaux et, épaulée par ton père, je cherchais à formuler le sens d'une vie, la mienne, la vôtre. Vous découvriez (et mon cœur s'élargissait comme un sourire) le mouvement des corps et celui des âmes. Nous étions tous Job et n'avions que l'Espérance des faibles. Cette espérance-là, qualité d'attention à ce qui se donne à nous. Comme dans la Bible les amis de Job veulent trouver des solutions et des explications aux malheurs qui le frappent, certains d'entre nous hurlaient de l'impuissance qui les clouait les ailes ouvertes ; mais Job, lui, était en quête d'un passage. Notre espérance allait découvrir un chemin là où l'on croyait ne pas pouvoir s'aventurer.

Cela a duré une année, une année de réveil au creux même des vies qui partaient, enlevées aux affections humaines.

Vous deveniez enfin mes enfants et moi, votre mère. J'avais trouvé le passage. J'étais parvenue à me charger de vous.

Et la vie recommença… autrement pour nous.

Pierre, je suis lasse, je parle trop et j'ai un peu froid, il faut que nous nous reposions. Le chemin est raide depuis quelques heures et je voudrais partager un thé, j'ai ce qu'il faut dans mon sac. Je sens que nous serons bientôt au terme de notre marche et voilà que j'ai aussi un peu peur. Arrêtons-nous, tu as vu que l'obscurité gagnait, n'est-ce pas ? Il y a au bout du sentier, à quelques lacets encore, un petit replat sur lequel nous avons souvent partagé le goûter avec tes sœurs, nous y dormirons cette nuit.

Disparition

> « Pour que le temps ne se réduise pas à une suite d'apparitions et de disparitions, il faut que lui-même demeure. »
>
> *Temps et récit*, PAUL RICŒUR

Un jour, la maison est devenue pleine de toutes les absences. Vide d'enfants, vide d'époux, depuis de trop longues années, vide d'amants de passage dont je m'étais lassée. Vide.

Des traînées de rires et de larmes me font cortège dès le matin et j'ai quelquefois le sentiment que le plus grand risque est de me perdre.

Se perdre dans les placards des souvenirs, se perdre dans le silence immobile des journées pluvieuses, se perdre dans l'air figé des lendemains à inventer.

Je suis devenue un objet à la dérive, sans souffrance aiguë, assez sereine, attentive au moindre mouvement intérieur. Je suis en train de m'endormir, lovée dans ce coton d'absences et de silence. J'ai quarante cinq ans.

Bien sûr, je sais, tu n'as pas très envie que j'évoque cette période. Vous avez eu peur, vous m'avez cherchée et puis il vous a bien fallu, en colère, accepter, mon absence. Car c'était mon absence, cette absence vivante ailleurs et autrement.

Le printemps naissait lorsque j'ai fermé la porte de la maison. Les années qui ont suivi la grande contagion, le soleil était devenu piquant dès les premières feuilles sur les arbres.

Au printemps, il est bon de pouvoir dormir dans les bras d'un autre.

C'était ailleurs que j'allais, plus au sud, où les massifs alpins sentent la sève d'épines et où les cailloux sont blancs. Un endroit d'où l'on peut deviner la mer lorsque l'on ferme les yeux. Et j'avais grand besoin de fermer un peu les yeux et d'entendre le bruit de la mer.

J'avais pris le premier autobus, celui du petit matin, qui descendait vers les massifs saturés de châtaigniers. L'homme rencontré sur le site des oubliés m'avait paru touchant et drôle, je n'avais pas grand-chose à perdre. J'allais à sa rencontre avec la soif de l'autre ou plutôt, je crois, le désir des retrouvailles avec mes chemins perdus.

Je devais avoir l'intuition de la dernière chance. Mon bassin était devenu douloureux par intermittence les dernières semaines, des hordes d'aiguilles me figeaient sur place, disparaissaient et laissaient, je ne le savais pas encore, dans chaque piqûre, le germe d'un plus grand mal.

Ce qui me reste de ce voyage en bus, c'est un mélange de culpabilité et de grande fébrilité. J'étais dissimulée derrière des lunettes noires, un foulard noué sous le menton et un sac de voyage sur les genoux, auquel je m'arrimais comme si je risquais de me noyer à tout instant. Évidemment, je provoquais l'effet contraire à celui que je cherchais. À tous les arrêts, les regards tentaient de percer à jour le mystère de la femme cachée. J'étais en fuite et cela se voyait.

Au bout de deux heures de trajet, j'avais ôté mon déguisement et, tête baissée, l'air occupé, j'étais devenue aussi invisible que ceux qui m'accompagnaient. Car personne ne te regarde vraiment si tu ne regardes pas vraiment autour de toi. Pendant une heure au moins, je repensai au film d'Agnès Varda dans lequel le personnage féminin passe toute la première partie du film à errer dans Paris en proie à la peur d'être malade du cancer et en ne regardant que son propre reflet dans les vitrines et les miroirs. Personne ne la remarque, aucun regard ne s'accroche à elle et le spectateur ne parvient pas à éprouver la moindre compassion. Il faut, et c'est la deuxième partie du film, que Cléo, *c'est comme cela qu'elle s'appelle*, tourne son regard vers ceux qu'elle croise, que d'autres personnages tournent la tête sur son passage, pour que nous la trouvions nous-mêmes extrêmement jolie et émouvante.

Je ne me cachais plus, ne regardais personne. Je devins invisible le temps d'un voyage.

Le véhicule roulait et tanguait en amorçant les virages des paysages tout en courbes que nous traversions. Je m'endormis et ce fut la chaleur devenue presque insupportable qui me réveilla. *Ou, peut-être, le sentiment de faire une bêtise.*

Cet état mélangé – peur, honte et culpabilité – disparut assez rapidement et mon regard se porta vers un horizon délaissé. Les dernières heures de route, le paysage défilant, j'allais vers cet endroit où la terre et le ciel se rejoignent dans une ligne pure, un endroit où se trouvait ce qui n'avait cessé de me manquer ces dernières années.

Je descendis du bus, le cœur saisi de larmes et d'émerveillement. Le vent sifflait si fort qu'il aurait pu tout aussi bien annoncer la fin du monde. J'avançais vers un avenir souriant, coiffé d'un chapeau de feutre noir .

Je disparus cinq mois pleins, le temps d'aller au bout de ma séparation d'avec vous.

Le temps de savoir vivre sans vous.

Il s'appelait André, avait la peau brune, l'air joyeux. Il vivait dans une petite maison de pierres sèches que l'on aurait cru sortie d'un livre de Pagnol, plantée qu'elle était au côté d'un vallon blanc et vert. Au bout du chemin qui passait devant l'habitation se trouvait une chapelle. La première fois qu'il m'y emmena, j'appris comment cet endroit avait longtemps servi de halte aux lingères qui remontaient les draps frottés de la rivière coulant quelques centaines de mètres plus bas. Sur le chemin du retour, les mains rougies par le froid et le savon noir, les paniers bien plus lourds qu'à l'aller, ces femmes s'arrêtaient là pour discuter un peu avant d'attaquer le chemin à flanc de coteau qui menait au village. Les portes toujours ouvertes du petit édifice laissaient entrer rires et lamentations, voix entremêlées dont je me suis souvent demandé si je n'entendais pas le murmure lorsque j'y reviendrais durant les mois de mon installation dans ce lieu.

Je fus heureuse le temps de cet été-là, comment auriez-vous pu l'accepter ? Vous, en mon absence, vous étiez simplement devenus prisonniers d'un bloc de colère.

Je fus heureuse d'un amour qui vibrait du désamour.

Un désamour qui, je le savais, et c'était la raison de ma présence même dans cet endroit que j'avais choisi un peu malgré moi, viendrait irrémédiablement.

Plongée dans le délice de la première gorgée que je faisais durer le temps de ma convalescence, je guérissais, tendrement accompagnée. La voix d'André était celle d'un baryton, chaude et accueillante, et ses yeux, même dans la joie et malgré leur bleu profond, conservaient une gravité. Son visage et son corps dégageaient un calme absolu que les mouvements d'humeur paraissaient avoir définitivement délaissé. Nous n'avions ni étapes à franchir, ni but auquel parvenir, mais nous avions le chemin. Nous nous sommes escortés, le temps d'un long été.

Tu sais, j'apprenais simplement à vivre dans le silence de vos voix afin, à mon retour, de savoir vous aimer à bonne distance.

Je pris le temps de construire un mensonge solide, ensoleillé et rayonnant, un mensonge qui pourrait réparer la colère et la peur lorsque je reviendrais. Chaque jour, attablée dans la fraîcheur estivale du matin, je rédigeais le carnet de bord fictif d'un périple que j'avais imaginé. Je parcourais les chemins, le doigt sur la carte, longeant les rivières du bout de mon crayon, inventais des odeurs et des bruissements de feuilles, le chant des oiseaux dans des chaleurs étouffantes et les sourires des rencontres intermèdes.

Ce fut la magie des mots inventés dans les visages qui n'existaient que sur mes chemins intérieurs.

Le reste de la journée, je vous oubliais, dans les bras tendres d'André.

Je traversai ainsi quelques montagnes, franchis un nombre assez important de cols, mêlant souvenirs et fictions. Je fis quelques croquis au fusain, illustrai certaines pensées volages de petites aquarelles ou d'encre de Chine et arrivai au bout de mon voyage.

Je pouvais enfin revenir.

Je pris tendrement congé d'André. Tous, nous avions eu notre temps.

Traces

« Il s'élevait, semblable à une larme posée sur la joue du temps. »
RABINDRANÄTH TAGORE

Tu sais, Pierre, en vieillissant, je me suis aperçue d'une chose assez étrange ; les gens s'imaginent que la perte, celle d'un être ou d'un objet, nous rend plus sensible. C'est faux, notre sensibilité se nourrit de ce que l'on nous donne et certainement pas de ce que l'on nous prend.

Comment croire que le vide, l'absence, nous rend plus riche, nous fait approcher au plus près cette complicité avec le monde. Entre le sommier et le matelas de mon lit, près du carnet de voyage imaginaire rédigé dans mon Sud, il y a un petit livret bleu dans lequel j'ai écrit une histoire à ce sujet. Savais-tu que j'aimais écrire ? Lorsque tu redescendras à la maison, prends-le, il est pour tes sœurs et toi, je vous le donne, cela commence ainsi...

On raconte que lorsque Mumtâz Mahal, la femme de l'empereur Moghol Shaâh Jahân, mourut lors de son quatorzième accouchement, celui-ci se serait enfermé dans une pièce pendant une semaine avant d'en sortir tous ses cheveux devenus gris. Sa douleur aurait été immense et ses larmes auraient laissé des traces de brûlures sur ses joues. Il fit chercher le plus grand architecte de son temps et lui ordonna de venir jusqu'à lui, au palais. Lorsque l'homme se présenta devant lui, l'empereur lui demanda :

– Es-tu marié ?

– Oui, Votre Majesté.

– Aimes-tu ta femme ?

– Oui Votre Majesté, elle est ma vie, je l'aime plus que tout.

– C'est bien, je vais la faire mettre à mort ainsi tu connaîtras la même douleur que moi et tu pourras bâtir pour mon épouse le plus somptueux et le plus magnifique des tombeaux.

L'empereur fit mettre à mort la jeune femme de l'architecte et ce dernier construisit le Taj Mahal.

Le tombeau terminé, Moghol Shaâh Jahân fit couper les mains et crever les yeux de l'architecte.

« Me voici devant vous aujourd'hui, vieil homme aux mains coupées et aux yeux crevés. Me voici devant vous, moi, Isa Kahn, l'architecte, pour rétablir la vérité. Que l'on cesse de colporter cette histoire d'amour meurtri dans laquelle la cruauté et la douleur accoucheraient de la beauté. Je n'ai pas dessiné le tombeau de « l'Élue du Palais », comme vous la nommez aujourd'hui, noyé dans la douleur de la perte de mon épouse mais agité par la colère froide et la haine. Je voulais confondre l'empereur, dénoncer sa mégalomanie, j'attendais une révolution, j'attendais que le peuple se soulève contre tant de faste et de dépenses. Je voulais semer la discorde entre hindouistes et musulmans, j'avais soif de vengeance et mon palais n'a rien à voir avec la beauté.

Il a à voir avec l'oppression et la perfection, les deux choses les plus éloignées de la beauté, ne vous y trompez pas. »

L'homme dirigea vers moi ses yeux encore sombres et profonds malgré l'âge et la blessure qui les avait rendus opaques. D'un bras tremblant, sans main, il désigna un tabouret à trois pieds et me fit signe de m'y installer.

Je sortis de mon sac de toile épaisse posé en bandoulière sur l'une de mes épaules un petit livret bleu, un crayon à mine et par un son de fond de gorge lui fit comprendre que j'étais prête.

« Je vous parle d'un pays lointain, commença-t-il, d'un endroit d'il y a trois cent cinquante ans. Ma voix d'intérieur risque de se troubler ou de s'évanouir, mais vous ferez le reste, c'est votre travail, n'est-ce-pas ? Et de votre temps, on ne coupe plus les mains pour avoir écrit ou fait parler les apparitions.

Lorsque l'empereur fait assassiner mon épouse devant moi, je me déchire.

Les yeux baissés, afin de dissimuler l'effroi qui me gagne, je courbe l'échine et place au creux de mon thorax devenu coupe, ma douleur. Tu n'y toucheras pas, dis-je tout bas, hors de question que tu entrevoies la moindre crête de cette déchirure-là. Jamais, tu entends, jamais, je ne bâtirai sur cet arrachement autre chose que ta chute. C'est difficile de voir combien je me suis trompé.

La colère du deuil, celle de l'injustice, serait-elle créatrice? Certainement, mais ne me parlez pas de beauté.

Personne ne s'est élevé contre la réquisition des vingt-deux mille ouvriers et artisans venus de toute l'Asie pour les payer si peu, traités comme des esclaves, personne ne s'est élevé contre l'asservissement de plus de mille éléphants, contre l'utilisation du marbre blanc – qui n'abritait à cette période que les prêtres hindous – préféré au classique grès rouge moghol, personne contre l'ampleur des travaux qui n'en finissaient pas de durer, appauvrissant les populations, commerçants et autres, par les taxes imposées et oppressives ! Personne contre l'outrage !

Vous savez, chuchota-t-il à bout de souffle, à l'époque, les temples et sanctuaires hindous étaient très colorés, le blanc, c'était pour l'Islam... Les calligraphies du bâtiment principal font référence à la plaine du Jugement dernier et aux plaisirs du Paradis, rien à voir avec le chagrin de Shaâh Jâhan.

Je détestais cet homme, fier d'avoir de son vivant rassemblé deux mille femmes dans son harem, je détestais le mensonge dont il me rendait complice. Car être le premier choix du harem de l'empereur n'avait rien à voir avec l'amour... Pauvre Mumtâz, elle était morte le corps déchiré elle aussi par les désirs et les assauts répétés d'un tyran dont elle n'avait été que le jouet.

Et moi, j'aimais tant mon épouse, lâcha-t-'il dans un soupir. Le Taj Mahal est un leurre, certes parfaitement équilibré, mais si dénué de douceur et d'amour, si loin de la beauté. »

Je n'avais pas écrit grand-chose mais je l'avais regardé, lui qui ne voyait pas la couleur de mes yeux. Je l'avais écouté pleurer en dedans sur l'assassinat de son aimée et, dans un souffle confus, raconter le vide que l'absence creusait un peu plus chaque jour. Je l'avais vu osciller la tête de colère lorsqu'il savait que tous, avions pensé et pensions aujourd'hui encore que la douleur pouvait accoucher d'un joyau.

Il m'invita à prendre un crayon à mine noire.

« Mademoiselle, prenez de quoi dessiner et je vous raconterai. » Je saisis fermement le carnet bleu et le fusain et entrepris de dessiner, en écoutant la voix venue d'une obscurité éternelle, un Taj Mahal de l'amour.

J'ai mal, je suis très fatiguée, il est temps de s'arrêter. Pierre, vous découvrirez, tes sœurs et toi, plus tard, la suite de l'histoire de cet amour revisité.

Car tout se revisite, mon fils.

Asseyons-nous une dernière fois avant d'atteindre le sommet, je vais peut-être dormir un peu.

No pasaran

« A corazón, suenan, suenan, resuenan las tierras de España en las herraduras galopa caballo cuatralbo, jinete del pueblo que la tierra es tuya. »

A *Galopar*, PABLO IBANEZ

« Les terres d'Espagne sonnent, sonnent et résonnent sous tes quatre fers, galope, cheval balzan, cavalier du peuple, car c'est ta terre. »

Je suis petite fille et ce sont les seuls dont l'amour parvient à me toucher, les seuls qui parlent ma langue. *Querida mia, levantate ahora...* (Ma petite chérie, lève-toi maintenant), c'est comme le murmure de l'eau de la source. Un endroit sans fantômes la nuit, un espace-refuge hors temps, épargné par les tempêtes successives.

Abuela, abuelo, gracias por todo.(Grand-mère, grand-père, merci pour tout.)

Vous, mes enfants, ne les avez pas connus, et pourtant ce sont les seuls dont je peux dire qu'ils sont miens. Des épaules sur lesquelles se hisser pour voir plus loin, des genoux pour prendre son petit déjeuner plus confortablement, des bras pour consoler d'une chute à vélo *y abrazos fuertes* (et grandes embrassades).

L'abuelo est aussi petit et sec que l'abuela est ronde et imposante. L'une jure plus que les oreilles de la petite fille que je suis ne devrait en entendre, l'autre sourit, opine du chef dans une allitération sonore de « t » et m'emmène au jardin ou remplir d'eau glacée les bonbonnes de verre fumé, à la source.

Ils sont le pays stable de mon enfance.

La maison, toujours un peu bruyante des casseroles qui s'entrechoquent et des vieilles cassettes audio alternant chants de lutte et variétés, volume du poste réglé au maximum, est la terre de mes plus heureux souvenirs.

Ton arrière-grand-père était un héros, et je n'en ai jamais parlé. Te pido perdon, abuelo (je te demande pardon, grand-père).

J'ai vingt ans. Il est attablé, seul, face à moi. Ses mains, tordues par la vieillesse, sont posées à plat sur la toile cirée à grands carreaux bleus et fleuris de la cuisine, déménagée au sous-sol de la maison depuis quelques années. Les volets de la pièce sont à demi fermés, filtrant la lumière. C'est le plein été, l'air est plus frais dedans qu'à l'extérieur.

Je ne sais d'abord pas pourquoi il a accepté ce jour-là de se prêter au jeu que je réclame à chacun de mes séjours depuis quelques années, *cuentame la guerra* (raconte moi la guerre). L'excitation m'a fait monter quatre à quatre les escaliers de marbre blanc et bleu, sol toujours frais dans la chaleur du pays, débouler dans ma chambre d'enfant et extirper de mon sac de voyage mon magnéto portable. Juste le temps d'attraper une cassette vierge et je suis de nouveau en bas, prête.

Son œil tremble et ses mains commencent à caresser la nappe abîmée par le temps. Tout à coup, je me fige, et toutes les raisons pour lesquelles ce jour-là il accepterait de parler cavalent dans ma tête et se cognent à mon front, maladie, mort. Les larmes me montent aux yeux, *que pasa guapa? nada, empieza* (que se passe-t-il ma jolie? rien, rien, vas-y, dis-moi).

Alors sa voix « déraillée », comme j'aimais à lui dire, devient profonde, lui qui en use si peu, et me rassure. Non, pas de maladie ou de mort prochaine, juste le moment d'être là, tous les deux, face à face, à l'intérieur de son histoire.

J'allume le magnétophone, la bande commence à tourner, il parle, enfin.

La cassette audio est sous mon matelas avec le livret bleu, le carnet de voyage imaginaire, la photo en noir et blanc de votre père et celle, en couleurs, sur laquelle nous sommes tous les quatre, le texte de la femme inconnue, le journal d'hôpital. Si vous retrouvez le magnétophone que j'ai égaré, vous pourrez écouter votre arrière-grand-père raconter sa jeunesse de bando republicano contre Franco, ses planques, la route la nuit, son arrestation, la première d'avant le camp d'internement à Argelès.

Aujourd'hui, ce que je te dirai à toi, Pierre, avant d'entrer dans le grand silence, je ne l'ai pas enregistré, lloraba tanto (il pleurait tellement), *j'avais arrêté la bande qui tournait depuis une heure, pris ses mains dans les miennes et me tenais près de lui, sur la mer.*

Bueno, vamos. (Bien, c'est parti.)

Mon grand-père a quitté Leon, ville de l'enfance, il y a quelques heures.

Tout s'était passé très vite, une poignée de main affirmée à son frère, qui resterait s'occuper du domaine et des châtaigniers, protégerait et paierait les ouvriers, un regard tendre pour sa belle-sœur enceinte et un pudique baiser sur la joue de sa mère toute de noir vêtue. Il faisait déjà sombre et le moteur du camion bâché ronronnait dans la cour. À l'intérieur, ses camarades socialistes, communistes, anarchistes, patientaient en silence. Son regard pénètre l'obscurité, cherchant à impressionner sur sa rétine ce qu'il, sans doute le savait-il, ne reverrait jamais. Il part.

Lorsqu'il arrive en territoire asturien, au petit matin, il est d'abord frappé par la douceur humide qui l'enveloppe. À vingt ans, il découvre la mer et cligne des yeux dans la lumière brumeuse posée sur l'étendue bleue. Ceux qui l'accompagnent sont tous très jeunes, ont fui la Galice, la Castille et la Navarre, tombées aux mains des troupes nationalistes, et viennent se réfugier à Gijón, au cœur de ce Front du Nord. Depuis quelques jours, la ville est sous les bombardements des aviations franquistes et allemandes, il faut fuir avant que les troupes franquistes n'entrent. Fuir ou prendre le maquis. Vincente, *car c'est ainsi que s'appelait ton arrière-grand-père*, reste caché quelques jours dans la cave d'une famille avant de parvenir à s'embarquer avec dix des siens et une femme et son bébé. Ils quittent le port sur un chalutier galicien sur lequel ils sautent une nuit, acculés par les premiers tirs dans la ville, aucun d'eux ne sachant ni nager ni naviguer. Il n'y a pas de marin à bord.

Son regard s'égare tout à coup et ses yeux deviennent humides. J'ai peur qu'il ne s'arrête, qu'il bute encore une fois contre cette ligne infranchissable du souvenir. Je serre un peu plus ses mains dans les miennes, le rappelle tendrement à moi et lui souris. *Sigue, abuelito, sigue por favor* (continue, papi, continue) dans un murmure.

Il n'y parvient pas, lève son visage désolé vers moi, et comme pour me dire qu'il faut que je patiente, que c'est presque maintenant, que c'est sur le point d'être possible, récite de mémoire à voix basse, comme un mantra, ce que les hommes ont gravé sur la pierre d'une plage d'Argelès. *A la memoria de los 100 000 republicanos espanoles, internados en el campo de Argelès, tras la RETIRADA de febrero de 1939. Su desgracia : haber luchado para defender la Democracia y la Republica contra el facismo en Espana de 1936 a 1939. Hombre libre, acuerdate.*

Nous gardons le silence un petit moment dans la chaleur de l'après-midi. Je ne bouge pas, il me semble que ses doigts tremblent un peu dans mes paumes humides.

Il ne sait plus le temps passé sur le bateau, ne sait plus les hommes qui survivent et ceux qui meurent. Les larmes roulent dans les rides de son visage comme de petits ruisseaux au fond des vallées. La tête baissée, il ne sait plus rien. Ne veut plus rien savoir. Je me tais, honteuse d'être à l'initiative de tant de peine, je baisse moi aussi la tête pour ne plus le regarder.

Espera, déja me el tiempo (Attends, laisse-moi un peu de temps).

Finalement, il reprend à voix déraillée. Les nuits et jours se succèdent, les hommes nourrissent la chaudière du chalutier avec le charbon qu'ils trouvent à bord, on partage les repas avec ce que chacun a apporté dans sa besace et les vivres trouvées à bord. Certains sont malades, d'autres regardent la mer, droit devant, loin, sans savoir où ils vont.

Une nuit, le charbon est épuisé, il faut commencer à désosser le bateau à vapeur pour continuer. Toutes les étagères de bois sont ôtées des parois, on détruit les caisses qui sentent le poisson, on en fait du petit bois, des réserves, et l'on attend, silencieux, le ventre vide car l'on n'a pas mangé depuis l'avant-veille. Dans la cuisine sommaire, les placards ont été vidés, les dernières conserves de lait concentré sucré sont alignées sur la table du carré. Tous les hommes sont autour, et la femme est allongée sur le flanc à même le sol, son bébé contre elle. *La mujer y el nino no deben morir*, murmure l'un d'eux.

Les hommes du bateau ne mangeront plus, ce qui reste sera pour eux. *La mujer y el nino*.

Certains se couchent pour ne plus se relever, et on entend le souffle d'un camarade s'éteindre. La vue se trouble et les mâchoires serrées deviennent un étau que l'on ne peut bientôt plus ouvrir. Le bateau dérive maintenant, tout le bois est brûlé, le moteur à vapeur fait silence. Ils vont mourir, tous.

Et puis, un matin, un bruit parvient aux oreilles de l'abuelo. Pendant un long moment, il pense que c'est une hallucination et puis quelque chose heurte le chalutier, on entend des voix fortes dans cette langue que l'on ne comprend pas. Quelqu'un le soulève, il cherche à se mettre debout et ne parvient pas à fixer son regard sur le visage, buriné aux yeux bleus, penché au-dessus de lui. Son cœur bat lentement, très lentement. Il est au seuil du grand départ. *Maria, cierro mis ojos y...* (Marie, je ferme les yeux et...)

Il raconte ensuite la couverture qui le réchauffe un peu, la houle lorsqu'on arrive tout près des côtes, les camions qui attendent alignés sur le port breton. Il raconte le centre d'hébergement, avec d'autres réfugiés venus par d'autres bateaux, les sourires des femmes, et la paille que l'on glisse entre ses dents pour lui donner à manger *como un parajito* (comme un petit oiseau), chaque jour et tous les jours un peu plus.

Lentement, il apprend à desserrer les mâchoires et son estomac à garder ce qu'on lui donne.

Il reste encore des jours, allongé.

Quand il peut de nouveau parler, *La mujer y el nino ?* murmure-t-il à son camarade couché sur le matelas voisin. *Bien, todo esta bien.*

Alors, à cet instant seulement, son visage dissimulé dans son coude, il se retourne vers le mur et les larmes peuvent enfin couler.

Troisième partie
Car tout se revisite, mon fils

« Les mains d'O Rin serrèrent dur les mains de Tappei. Puis elle lui poussa fortement le dos. »

Narayama, SHICHIRÔ FUKAZAWA

1

Le ciel était blanc lorsqu'ils parvinrent au bout du chemin. Le corps de Marie, tout recroquevillé sur le dos du fils, n'avait plus d'âge. Elle avait posé, dans les derniers lacets à flanc de pente, sa tête sur l'épaule du fils.

Ils avaient quitté la forêt depuis quelques heures et avançaient en suivant la ligne haute d'un mamelon herbeux. Le froid était coupant, la mère avait recouvert ses épaules de la couverture de laine qu'elle avait pliée dans son sac au début du voyage. Le vent glaçait les mains du fils et lui faisait plisser les yeux. Il suivait le sentier en balcon sans lever le regard, marchait sans penser. *Surtout ne pas penser.*

Maintenant le ciel lui pesait, passé du bleu profond d'altitude au blanc laiteux qui annonçait la neige. Il lui semblait entendre murmurer les hauts sapins courbés un peu plus bas, frottant les unes contre les autres leurs branches souples. Un chant s'élevait pour l'accompagner, choeur de basses dont il tentait de distinguer chacune des voix qui le composaient. Il était comme suspendu aux nuances, aux silences et aux soupirs.

Depuis une heure, son corps était secoué, par intervalles, de hauts-le-cœur qu'il tentait de maîtriser par la régularité du pas et en fixant son regard sur le sol qui défilait lentement. Ses épaules étaient douloureuses, son front devenait soudain brûlant, sa bouche se crispait dans un mouvement qui nouait ses mâchoires l'une à l'autre, empêchant l'air d'entrer et sortir. Il ne fallait pas s'arrêter, s'arrêter c'était s'effondrer et il devait tenir debout, solide, comme la mère le voulait. À cette pensée, tout se calmait, pour un moment. Il entendait de nouveau le chant des bois.

Il avait parcouru les derniers cent mètres un peu plus calme, à tout petits pas, comme si le poids qu'il transportait clouait chaque pied, l'un après l'autre, un peu plus profond dans la terre déjà pleine de la pluie glacée qui tomberait bientôt.

Marie sent qu'il fait froid, que ses jambes pendent dans le vent glacial et que la forêt ne la protège plus de l'engourdissement. Elle n'a plus ni l'envie ni la force de bouger. Malgré la douleur lancinante dans son ventre, elle a la sensation très précise de l'épaule ronde du fils sous sa tête et ne voudrait être nulle part ailleurs. Bien sûr, elle sent bien que les membres du fils s'agitent quelquefois en tous sens. Alors, le souffle déjà si fin et si léger, elle laisse battre son cœur au pas, celui du fils, poitrine collée à son dos.

Ils ne forment plus qu'un seul et même corps, informe, dont on ne saurait reconnaître les bras des jambes. Une seule et même douleur en mouvements presque imperceptibles. Ni l'un ni l'autre ne savent encore s'ils trouveront la force de s'arracher, de se dénouer. Le fils avance très lentement, il lui semble que sa mère s'est endormie dans son dos.

Seigneur, viens-nous en aide.

2

Au tout petit pas, l'obscurité a gagné le paysage. Le fils s'est arrêté plusieurs fois, dans le vent froid, pour laisser ses yeux prendre le pouls de la nuit. Il ne sait pas exactement depuis combien de temps il marche dans le silence de la lumière, en équilibre entre le vide qui le précède et le poids de Marie sur les épaules, mais il connaît le chemin, il se souvient qu'il trouvera bientôt le grand rocher sur sa gauche s'il continue à ce rythme. Il pourrait ralentir, il pourrait oublier la raison de sa présence ici, il pourrait faire demi-tour et redescendre, la mère sur le dos, à grandes enjambées vers le jour qui se lèvera encore, la vie.

Mais il a promis.

Et elle lui fait confiance.

Le ciel est d'un noir dense et, à cette altitude, l'air est si sec que la sensation du froid est moins invasive. Il est parvenu à maintenir la couverture enroulée autour du corps de la mère en la nouant autour de son propre torse, si fort qu'il peut à peine respirer.

Il marche, pas à pas, dans l'une des plus belles nuits de début d'hiver qu'il a connues. Lorsque Marie a mis, dans un dernier effort, ses bras autour de son cou, comme une jeune fille ferait pour ne pas tomber pendant son sommeil, ses tremblements ont cessé. Le sang dans ses veines est devenu velours, réchauffé par la douceur de l'amour. D'un sourire, il a ressenti avec force la raison de sa présence sur ce chemin. Il ralentit encore le pas lorsque la masse de l'énorme rocher semble se dessiner un peu plus haut à gauche du virage.

Avec prudence, il quitte le sentier. Sous ses chaussures usées par les pierres des sommets environnants, l'herbe jaune et rase craque légèrement. S'il neige cette nuit, le sol froid restera blanc sur la couche glacée par les vents. À force de ralentir, il est maintenant immobile, le corps entièrement tendu vers le souffle léger mais encore tiède sur sa nuque. Il reste un moment figé dans la solitude de cet instant et laisse les larmes monter. Il n'a pas froid, il n'a pas peur, il n'est même pas malheureux. Une joie immense le fait pleurer, la joie d'être le dernier présent dans ce monde, le bonheur d'être l'unique passeur vers l'autre monde. Lentement, il dénoue les extrémités de la couverture, le corps abandonné de Marie glisse le long de son dos et, roulé sur lui-même, en position fœtale, s'affale sur le sol comme une voile en mer calme. Pierre se retourne, s'accroupit et enveloppe la mère et son petit sac de voyage dans l'arrondi de laine. Dans l'obscurité émaillée de quelques scintillements, ses gestes sont comme ralentis par la peur de réveiller le corps endormi. Ils ne sont plus qu'à une petite centaine de mètres du grand rocher. Pierre s'approche un peu plus près du corps de Marie qu'il devine plus qu'il ne le voit et le soulève, poids plume détaché tendrement du sol. Dans un élan à la fois doux et assuré, il vient caler la tête de la mère au creux de son épaule, petit oiseau au cœur du nid. Puis, face à l'énorme masse sombre érigée dans le noir tremblant de la nuit, il se remet en route, une enfant dans les bras.

3

Marie est à peine éveillée, figée par le froid et la douleur brûlante dans le bas du ventre. Lorsqu'ils sont arrivés sous le grand toit de calcaire figé dans la nuit profonde, le fils a embrassé la mère avec plus de fermeté et l'étreinte l'a fait légèrement sursauter. Elle est parvenue à se mettre debout, courbée en avant, les jambes tremblantes, et le sourire confiant qu'elle n'avait jamais su dissimuler avait soudain éclairé le refuge de ce couple sans âge.

La natte en osier brun est maintenant déroulée au seuil de la grotte si peu profonde qu'ils l'emplissent à deux. Ils sont l'un contre l'autre, assis face au vide, le regard tourné vers la part orpheline que chacun porte déjà en lui.

Ils restent ainsi, immobiles et silencieux, jusqu'à distinguer les premiers flocons blancs éparpillés dans leurs yeux.

Pierre se lève alors et le corps de Marie glisse au sol, étendu sur le flanc droit, le visage tout à coup usé par le voyage, les yeux clos. Le fils recouvre la mère avec toute la douceur dont il est capable, de la couverture pliée en couches épaisses. Elle n'aura pas froid, il le sait. Il sort ensuite du sac de toile le bol tourné par Marie, la petite théière d'étain et le réchaud de montagne de son père. Il n'a pas vu ces deux derniers objets depuis des années, et d'ailleurs il ne les distingue encore pas tout à fait à cet instant-là, mais il les reconnaît.

Au bruit qu'ils font, frottés l'un contre l'autre.

Au fond de la théière, il y a le sifflement du père pendant que l'eau bout, *avec le temps, va, tout s'en va*, le sourire qu'il lui adresse pendant que lui, l'enfant, dénoue la corde de son sac de couchage pour se protéger du froid, et le doux mélange de fierté et de confiance qu'il lit dans les yeux bleus de son père. Pierre ne sait pas s'il est capable, cette nuit, de laisser tout cet amour enfoui envahir la grotte, mais il craque quand même la première allumette.

Il a quinze ans lorsque le père meurt.

À l'intérieur, un abîme s'ouvre, des pans entiers de son corps s'effondrent, falaises qui implosent, ravins qui débordent. Plus rien ne tient. Et pourtant, il est debout, face à ce trou sombre que le cercueil viendra bientôt combler, impassible pourrait-on dire, lui dira-t-on, sans larmes. Spectateur de l'arrachement, du désarroi, de sa propre tristesse, du temps qui se fige, à jamais, ce jour-là.

Rien à dire, pas de langage à soi pour cette inénarrable perte, il se tait, merci, merci beaucoup de votre sollicitude. C'est tout et cela ne sera jamais davantage les années qui suivront. Peu de larmes, plus de mots ou presque, le dernier, le seul, silencieux et en boucle, *papa*.

Le fils remplit la théière d'eau et la dépose sur le brûleur qui projette l'ombre du corps étendu de la mère sur le rocher. L'eau ne tarde pas à frémir, les feuilles de thé blanc se noient et s'ouvrent lentement. Pierre prend le bol de Marie et y verse le mélange. Avec précaution, il s'approche du visage de la mère, glisse une main sous sa nuque et soulève sa tête. Il la regarde, encore et encore. Entre lumière et obscurité, le vacillement de son visage fatigué mais apaisé. Elle entrouvre les yeux, boit à petites gorgées le liquide brûlant et se retourne face contre la paroi du grand rocher.

C'est l'heure.

Le réchaud est silencieux, le bol est posé à terre près de la nuque de Marie, la théière vide tout à côté, le petit sac de toile plié sous sa tête. La nuit prend ses aises, bras grands ouverts aux flocons blancs de plus en plus épais. Pierre recule, se retourne, veut pouvoir dévaler la pente plongée dans l'obscurité sans un regard comme elle lui a demandé. Il fait un premier pas et s'effondre.

4

Maman, écoute-moi, je n'ai pas de voix et je voudrais parler.

Jusqu'aux premières lueurs du jour, écoute, à ton tour, mon chant sans voix.

À l'aube, quand la chaîne des montagnes entaillera la lumière blanche et que le vent satisfait réveillera tous les endormis, je partirai.

Avant, je voudrais m'égarer un peu dans la profondeur de la grotte, dans les coins des huttes en bois, sur la plage dorée que la marée efface.

Je voudrais rentrer à la maison, ma main dans la tienne, joue contre joue.

Je voudrais partager le souffle mélodieux venu du fond de mon âge, l'odeur poivrée et fraîche des baisers sur mon front.

Je ne suis pas encore prêt à partir.

5

Tu étais si légère dans mon dos.

Maman, toute notre vie, les bras ouverts, le cœur offert, et la douleur effroyable dans tes yeux.

Le visage éclairé mais la violence sourde au ventre, tu allais, naviguant de l'un à l'autre, de mes sœurs à moi, dans un brouillard opaque que nous fendions à coups d'épées en bois et de baguettes magiques.

Où étais-tu ?

Nous étions bien incapables d'imaginer les terres que tu foulais, les ruisseaux que tu enjambais, encore moins les cieux dans lesquels tu te noyais.

Ce que nous vivions, c'était la douceur du mystère, les jours de soleil, et l'effroi de l'abandon les soirs d'orage. Nous avancions à tes côtés dans l'angoisse de la déchirure, traversés par notre peur de ne pas savoir, au cas où, recoudre, et guettant des adieux redoutés.

Une absence infinie remplissait nos journées d'enfants et finissait, apprivoisée, par devenir une présence douce et voluptueuse.

Nous savions croiser nos regards, les filles et moi, lorsque le tien s'égarait ou se diluait dans le temps.

Tu restais alors séparée de nous par une virgule, toi, la voix des mille et une nuits devenue aphone tout à coup, et nous faisions parler les choses à ta place. Les arbres, les pierres et la morsure glacée du vent. Et puis, tout à coup, l'écran de tes pensées semblait disparaître, tu découvrais un trou au coude de mon pull, l'élastique rompu au bout de la natte de ma sœur et tu nous revenais du fond de l'Océan. Il fallait alors faire du bruit pour te garder à la surface et nous inventions une pièce de théâtre au milieu du jardin, casseroles entrechoquées, larmes de tragédie, mélodies hurlées à gorge déployée. En quelques instants, rappelée *hic et nunc* par nos effusions, tes bras dessinaient un nid chaud et creux où nous embrasser.

Nous ne rêvions pas d'une autre enfance, tu étais notre horizon aimant, flamboyant et instable.

6

Nous habitions cette petite maison, au bord du ruisseau qui gelait dès les premiers froids. L'hiver s'annonçait et déjà nous guettions, dans le noir de la nuit, au bord du sommeil, le silence qui viendrait prendre la place du chant de l'eau courant dans son lit de granit. C'était le temps des lits partagés, des voyages à pas feutrés entre ma chambre et celle de mes sœurs, lorsque nous savions que tu étais plongée dans un livre, le rituel du coucher terminé. Nous écoutions de toutes nos forces respirer l'eau, chacun espérant être le premier à pouvoir dire *ça y est, elle ne coule plus, elle est gelée*. Nous nous endormions serrés les uns contre les autres et, dépités, finissions toujours par nous réveiller au petit matin, le silence du ruisseau dans les oreilles.

Nous avions la liberté de tout explorer, de tout expérimenter dans un rayon de quelques centaines de mètres autour de la maison. Nous partions, les jours sans école, dès le petit déjeuner avalé. Tu essuyais tes mains sur ton vieux tablier de gros coton bleu, finissais de laver bols et cuillères et reprenais le livre commencé bien avant notre réveil alors que nous franchissions le seuil en criant, *promis maman, on sera là à midi.*

Des livres, il y en avait plein la maison, dressant des hauteurs d'isolation improvisée le long des murs, dessinant des labyrinthes qui changeaient selon tes humeurs ou tes découvertes. Une fois par an, en plein été, lorsque tu restais seule avec nous de longs mois, tu décidais de les trier, classer, donner, ranger. Tu ouvrais alors toutes les fenêtres de la maison, *pour aérer, les livres, c'est plein de poussière*, et commençais la journée par le premier que tu avais sous la main. Je restais assis sur la marche du milieu de l'escalier qui menait aux chambres et je te regardais les caresser, les palper, les respirer. Ils devenaient, entre tes mains, de petits mondes à l'intérieur desquels des êtres de papier vivaient, aimaient et mouraient. Tu les ouvrais et plongeais, ressortais, la peau encore un peu mouillée, les cheveux froissés, le regard quelquefois hagard ou la bouche dessinée d'un drôle de sourire et les refermais. Peu à peu les tas se déplaçaient, disparaissaient pour grandir ailleurs, dans le couloir, dans le salon, sous le bureau. Au bout de deux ou trois heures, notre espace de vie avait pris forme nouvelle, d'autres chemins creux se dessinaient, des plaines dégagées voyaient le jour, la lumière jouait des partitions originales sur les murs. Tu levais alors la tête, me regardais, l'air d'une presque noyée, *que fais-tu là ? tu n'es pas avec tes sœurs au jardin ?* et sans attendre ma réponse, regagnais la cuisine. Tu n'avais ni trié, ni classé, ni donné, ni rangé.

L'après-midi, après le déjeuner, alors que nous étions censés nous reposer et fuir la piqûre du soleil, allongé sur mon lit, je guettais le bruit des pages tournées. Cette fois, c'est toi qui étais assise sur la première marche de l'escalier (je n'ai jamais vraiment compris pourquoi tu choisissais le bois dur au lieu de la tendresse du fauteuil jaune d'or qui trônait au milieu du salon), le visage penché, le corps plié, les genoux comme lutrin, *je vais jeter un œil avant de m'en défaire*, partie, enlevée, ravie par les mots.

Je comptais lentement jusqu'à mille et me levais à grand bruit. Je venais m'asseoir près de toi, ton visage restait un moment dans l'ombre et je suis certain d'y avoir quelquefois vu couler des larmes. Dans quelques minutes, qui pouvaient certains étés me sembler des heures interminables, tu me raconterais l'histoire, toujours la même, mais que tu développais plus j'avançais en âge, de cette femme qui, à force de lire d'autres vies, ne supportait plus la sienne.

Vois-tu, mon petit roi, il y a des gens qui se perdent entre les lignes d'un livre comme d'autres se perdent dans la nuit.

Ils parcourent les chemins d'encre en passant la tête à travers les personnages qu'ils ont choisis. Ils ressentent leurs peurs, leurs désespoirs, leurs désirs, leurs soifs, leurs passions et, l'ouvrage refermé, les emportent dans leur cuisine ou dans leur lit. Quelquefois même, ils les tiennent prisonniers dans leurs propres greniers, dans leurs caves les plus secrètes, forçats sur leurs routes intimes, et ne veulent plus s'en séparer, ils préféreraient même mourir que les abandonner.

Ils se perdent de vue et ne savent plus vraiment vivre seuls.

Je ne savais pas bien de quoi il s'agissait ni même s'il fallait tout comprendre mais j'entendais dans ta voix comme un cri perdu et je tremblais.

Eh bien, moi, ça n'est pas près de m'arriver ! en te levant pour aller fermer les fenêtres. Dans un pas de deux enlevé, tu m'attrapais en riant, ou peut-être cherchais-tu à t'agripper à moi, pour t'assurer de ce que tu venais de prononcer.

J'étais sauvé.

Hier, maman, tu dormais, blottie contre moi, sous le figuier au bord du chemin. Ta respiration était déjà si fine et si lente que je me suis penché au-dessus de toi pour sentir roucouler ton souffle.

Dans mes sommeils d'enfant, il y a ton visage tout près du mien quand, les démons de la littérature vaincus, tu m'assieds sur la pierre devant la maison pour caresser mon visage de ta main blanchie par la crème solaire. Je fais mine de détester cela, grognant comme un petit animal et imitant ainsi mes sœurs, qui déploient une ostentation remarquable à ce jeu. Tu déposes ensuite un baiser épicé sur ma joue, ça y est, c'est terminé, allez, va jouer.

Nous ne te connaissions ni parents ni fratrie.

Aucun de nous n'avait plus jamais posé de questions à ce sujet après que notre sœur, âgée de sept ou huit ans, avait lancé avec malice, un soir de pluie d'été, *ils sont où, tes parents à toi, maman ?*

Ta fourchette était restée suspendue entre l'assiette et ta bouche, un instant l'air s'était figé dans le silence, pendant que nous, les petits, attendions avec une impatience joyeuse mais intérieure. Nous allions connaître ton secret, c'était sûr, ce devait être extraordinaire.

Tu reposes ton couvert, t'arraches à ce corps devenu soudain plomb ou fonte, respires profondément en regardant ton aînée dans les yeux et, avec un sourire tout aussi froid que la lumière d'une lune de plein hiver, *tu le sais, papa te l'a déjà expliqué.*

Fin de l'épisode, le repas reprend, tu me regardes avec un amour profond, tout ira bien.

Sais-tu, maman, ce que fut l'explication chuchotée dans nos oreilles d'enfants ce soir-là? Qu'elle soit celle que notre père avait réellement donnée à notre sœur ou une invention de sa part, la raison qui justifiait ton absence de famille nous rassura autant qu'elle nous émerveilla. Nous étions, cette nuit-là, admis dans le secret des dieux, mains dans les mains, comme trois astres en orbite autour de toi. *Maman est un ange, descendue sur terre juste pour nous aimer.*

7

Lorsqu'il rentrait de ses voyages que nous imaginions lointains, quelque chose de toi nous échappait et nous délivrait.

C'est la fin du printemps, je dois avoir une dizaine d'années. Nous sommes partis sur les routes vers l'Océan. Il fait nuit et le vent souffle au dehors, nous roulons, les filles dorment. J'ai les yeux ouverts et brûlants de fatigue, accrochés aux lumières des réverbères qui défilent.

Dors, la route est encore longue, me dit-il avec douceur quand je tourne la tête vers le rétroviseur intérieur et que son regard caresse le mien. Sa voix sonne comme l'autorisation de sortir jouer dans la cour avec les autres enfants, c'est sa main puissante qui ôte de mes épaules le sac que je porte depuis son dernier départ, c'est sa voix qui s'agenouille pour renouer mes lacets, laisse jouer ses doigts dans mes cheveux et se pose, tel le bras qui bénit, sur ma tête.

Mon cœur s'ouvre sous son sourire qui ne me lâche pas malgré la route qui nous avale et je respire aussi avidement que le plongeur à bout d'apnée.

Je devine dans l'obscurité ton visage dangereusement posé sur ses genoux, sous le volant, ton corps plié sur le côté gauche, recroquevillé tout entier sur le siège du passager, ton épaule glissée dans l'espace qui sépare vos deux sièges, son bras droit étendu sur ta hanche. Tu dors, apaisée.

Demain, nous serons à l'Océan.

Maman, pendant ces derniers jours, de quoi ton cœur était-il traversé lorsque nous montions vers cette nuit glacée de veille, de quels mots le silence de nos arrêts se chargeait-il lorsque, les yeux humides et perdus vers la maison qui s'éloignait, tu me souriais timidement ?

Sur la photo, tu es allongée à même le sol sableux, la tête au creux de son épaule. L'ombre des pins sur vos visages endormis dessine des motifs étonnants qui figent l'instant comme entre jour et nuit. On devine, tout en haut du cliché un peu jauni, le bas de la toile de tente et les piquets en acier qui la soutiennent. Si je ferme les yeux, je peux sentir le vent chaud et sucré dans les branches et le goût salé des vagues sur ma peau déjà un peu hâlée. Au loin, le rire étouffé de mes sœurs fait vibrer mon cœur, tout à la joie d'imaginer ton étonnement lorsque tu découvriras, au tirage, la photo. Nous avons abandonné nos vélos derrière la haie de fusains en feuilles qui délimite notre campement de fortune et nous sommes approchés à pas mesurés vers la tente. L'une a ouvert, le cœur battant, le sac qui contient l'appareil photo, s'en est silencieusement emparé et me l'a tendu. C'est interdit et nous le savons, mais le désir d'immortalité est plus fort que l'interdiction et peut-être même que la punition.

Ce que je pressens me pousse à appuyer sur le bouton déclencheur : si la photo est réussie, et que vos corps enlacés et votre sommeil amoureux impriment le papier, la lumière qui rayonne de tout ton être au retour de l'homme sera toujours à portée de mains. Il pourrait ne plus y avoir ni de jours interminables sans rires ni de regard poussé si loin dans l'absence que jamais l'on est sûr de son retour. En appuyant sur le bouton, le souffle coupé, je fais le pari de la joie.

L'image n'a jamais quitté votre table de chevet, près du lit, et je sais que ses absences te sont devenues moins douloureuses avec le temps. D'années en années, jusqu'à ce trou béant qui l'avala, je l'ai vu caresser les ailes blanches et légères dans ton dos et admirer le vol gracieux dont tu nous entourais.

D'années en années, jusqu'à cette vague d'eau noire qui t'emporta pour te rejeter si différente sur la grève de nos existences, je t'ai vue allumer les feux qui vous empêchaient de quitter la route ou de vous blesser en chemin.

Maman, dis-lui, lorsque vous vous retrouverez, vous êtes les beaux endormis de mon enfance, les inséparables de l'amour, l'incarnation d'une tendresse éternelle.

Vous étiez les branches entremêlées du nid dans lequel je grandissais, inventant le monde à ma juste mesure. Je regardais vos mains applaudir d'un même élan à nos anniversaires, surprenais vos rires puiser à la même source. Vous aviez cette façon d'être l'un à l'autre, sans fracture, en restant pourtant l'un et l'autre.

Je suis assis là, au bord de la grotte, seul, et fête en silence vos retrouvailles célestes.

8

Tu disais souvent *Chacun est l'Univers à l'intérieur de lui.*

Enfant, j'imaginais l'Arche de Noé, le ciel, l'Océan et ses vagues, les névés du printemps, les copains du village, les routes droites qui trouaient les forêts, les barrettes à paillettes de mes sœurs, le piolet de papa, l'odeur de ma colle et celle de mes feutres bleus. Le tout de mon univers organisé dans ton corps si mince, auquel il fallait que j'ajoute ton tablier, tes livres, ton arrosoir en fer-blanc, la voiture de la famille, les déguisements des filles, le camion de pompiers du voisin et toutes les couettes de tous les lits de la maison.

J'ai longtemps été mécontent de mon incapacité à faire entrer à l'intérieur de toi tout ce qui demeurait posé devant moi et j'avais pris l'habitude d'élaborer mentalement des scenarii qui me le permettaient. Des heures calmes et entières à te composer un intérieur tout en constructions, tours, gouffres, circuits ramifiés qui reliaient le récit de la naissance de l'Enfant Jésus aux images des premiers pas sur la Lune de mon livre d'histoire.

J'essayais de sentir bouillonner l'Univers derrière ta peau lorsque je venais me serrer contre toi car son existence même, prêt à déborder, justifiait ton intranquillité.

Cela a duré des années.

Il a fallu que tu trébuches fort, maman, par deux fois, que tu restes au sol, que tu sois la presque-morte de tristesse, pour que je saisisse que j'étais, moi aussi, l'Univers à l'intérieur de moi.

Il fait froid, c'est l'hiver.

Papa ne rentrera plus, le silence a figé nos voix.

L'obscurité au fond des yeux, tu resteras sans mots et sans corps des jours entiers. Un mois peut-être.

Notre sœur aînée revient vivre à la maison, j'apprends à prendre soin de la plus petite.

L'Univers n'existe plus si tu ne peux plus sourire.

Il n'y aura pas de paroles, il y aura des photos.

Il faudra vivre sans la chaleur de ta voix, il faudra vivre seuls, nous, les enfants.

La réalité s'entête, violente et cruelle.

Les années s'éternisent, le temps qu'il lui faut pour être reconnue de moi. Nous passons, elle et moi, des nuits à nous frotter l'un contre l'autre, à limer nos méfiances et nos déceptions. Des mois entiers, je lutte avec colère pour la faire mentir, pour retrouver mes rêves d'enfant et l'Univers perdu.

Je traverse les saisons toujours un peu à côté de moi.

Je rencontre des jeunes filles, j'ai des amis et pourtant les portes de mon cœur restent fermées. Je ne veux pas aller vers les autres, de peur qu'ils me demandent d'aller un peu, accrochés à mon bras, vers moi. Je reste sur le seuil de l'existence, je respire à petite force, mais je respire.

Une partie de moi est restée auprès de lui, en attente.

Je ne vis que de l'autre, comme un homme bancal, au pas chaloupé, entre lumière et ténèbres.

L'hiver après ton escapade, *quelle peur nous avons eu, je ne sais pas si tu as eu idée de la peur puis de la colère que nous avons éprouvées*, une rumeur sourde s'installe, comme des cris étouffés entre toi et nous, une onde glacée creuse son lit. Tu es malade.

Maman, seule, sur un lit de métal bleu clair d'hôpital, sous les néons bruyants, tu te vides inexorablement de l'Univers.

Une nuit, dans le silence pesant et poisseux de son absence et de ta maladie, j'abats ma dernière carte, je laisse monter les larmes et, la tête plongée dans mon oreiller, pleure des heures entières, tout mon saoul.

Au petit matin, épuisé, les yeux rouges et les mains tremblantes, je suis attablé devant mon bol de thé brûlant. Tu es rentrée de l'hôpital, amaigrie. Tu n'y retourneras pas, c'est fini, tu sais que tu vas mourir. Tu déambules dans la pièce, peut-être as-tu, toi aussi, peu dormi.

Tu es certainement levée depuis longtemps, l'odeur de café froid en témoigne. Tout à coup, je n'entends plus ton pas glisser sur les tomettes rouges de la cuisine, je lève les yeux, tu es face à moi, immobile et tu me souris tendrement.

Je n'ai plus de larmes à verser.

Je me lève, te prends dans mes bras.

C'est le premier pas sur mon chemin d'homme.

9

Maman, sur ce chemin, je m'ajuste et me réajuste éternellement. Chaque jour, j'apprends le mystère de cette vie que tu m'as donnée. Je suis toujours cet enfant silencieux qui regardait mon père-photographe droit dans les yeux, aux aguets, aussi intranquille que toi.

Je suis les vagues de l'Océan l'été de mes onze ans, je suis la femme qui se perd dans les livres, je suis le premier baiser sur la bouche humide de la jeune fille à la jupe rouge, je suis le sein doux et tendre de ma sœur lorsqu'elle nourrit sa fille.

Je suis l'homme qui marche, les fardeaux allégés par l'ange descendu sur terre pour l'aimer.

Je suis ce corps robuste à la peau brune dont le bras lourd ceint la taille de sa femme, l'homme qui met son pas au rythme du sien comme il l'a vu faire, depuis toute éternité.

Maman, je suis ce ventre qui s'arrondit sous mes yeux et dont tu ne verras pas naître l'enfant, je suis les larmes de mes sœurs quand elles découvriront, demain, que tu ne reviendras pas, je suis la grotte devenue ton dernier berceau, je suis le vent qui emporte ton souffle dans mon dos, je suis le silence qui reste après toi.

Maman, je suis l'homme qui porte sa mère sur son dos pour l'emmener s'éteindre sur la montagne.

Tu peux partir, je suis l'Univers tout entier à l'intérieur de moi.

10

Dans quelques minutes, il fera jour. Le fils est assis, les genoux repliés sous le menton, le visage sans larmes. La montagne étalée devant lui est encore plongée dans la nuit blanche de neige fraîche. Il perçoit, en dessous, la forêt dense et sévère, immobile dans le froid. Il faudra la traverser, sans accélérer le pas, ne pas vouloir s'enfuir. Il pense aux histoires d'amour et à la douceur du sourire de sa femme, à la chaleur du poêle qu'il faudra rallumer avec les premiers flocons. Il est temps de partir.

Seul, accompagné par le souffle de ses pas dans la poudreuse, les jambes un peu lourdes, sans se retourner, il entame le sentier du retour.

Sa route est encore longue et on l'attend en bas.

Achevé d'imprimer en juillet 2021
par Sud Light Production - Marseille

N° d'impression : 2107-001

Imprimé en France